선생님,
칠판도 우습게
생겼어요

선생님,
칠판도 우습게
생겼어요

펴낸날 2022년 10월 27일

지은이 최형식
펴낸이 주계수 | **편집책임** 이슬기 | **꾸민이** 이화선

펴낸곳 밥북 | **출판등록** 제 2014-000085 호
주소 서울시 마포구 양화로7길 47 2층
전화 02-6925-0370 | **팩스** 02-6925-0380
홈페이지 www.bobbook.co.kr | **이메일** bobbook@hanmail.net

© 최형식, 2022.
ISBN 979-11-5858-899-1 (03810)

선생님,
칠판도 우습게
생겼어요

바담 풍 교사와 바람 풍 아이들의 와자지껄 교실 풍경

최형식

교직이라는 멀고 먼 길을 당나귀 개울 건너듯 지나왔습니다. 이제 봄이 오면, 나는 개울 건너 저편 풀밭에서 잠시 쉬어 갈 것입니다.

이 글은 당나귀 같은 선생의 눈으로 담은 아이들 모습과 그 곁다리로 지내던 어른 이야기를 모은 것입니다. 아이들과 함께했던 길고 긴 여정에도 남은 글이 이렇게 짧은 것은, 시간이 갈수록 아이들의 사랑스러운 얼굴과 빛나는 순간들이 조금씩 희미해졌기 때문입니다.

하지만 그 고운 몸짓과 눈빛 그리고 부드러운 향기는 잊지 않으려고 틈틈이 기록해 두었습니다. 그리고 이제 평생을 간직하고 싶은 순간들을 모아 내 생애 소품으로 오래 곁에 두고 싶어 책으로 엮었습니다. 어지럽고 힘들었던 추억은 바람 속 티끌처럼 날아가고 곱고 흐뭇하고 조금 슬픈 기억들만 남았습니다. 아무쪼록 편히 감상해 주시기 바랍니다.

교사가 된 아들을 평생 기특하게 바라보시고 어느 날 꽃이 되신 우리 엄마. 하늘나라에서 호호 웃으시며 재미있게 읽으시기를 기원합니다.

2022년 10월

최형식

목차

1장
선물

2장
사랑

1장

선물

합창을 듣다가

- 순수한 또는 거침없는 그들만의 합창

아주 오래전, 시골 학교 지붕 위로 울려 퍼지던 아이들 합창 소리가 지금도 귓가에 선명하다. 그날 전교 어린이 회의를 막 시작하던 참이었다. 열어놓은 창문으로 꿀벌 한 마리가 들어왔다. 시골 아이들은 꿀벌을 무서워하지 않는다. 꿀벌은 환경심사 나온 교감 선생님처럼 교실을 이리저리 살펴보더니 창밖으로 사라졌다.

꿀벌이 다녀간 뒤부터 교실 분위기가 어수선해졌다. 절차와 발표권은 온데간데없고 제각기 웃고 떠들고 킥킥대며 장난치기 바빴다. 어린이회장마저 의사봉을 장난감처럼 빙빙 돌리며 무질서를 방관하였다. 교실 뒤편에서 지켜보고 있던 나는 끓어오르는 마음을 누르면서, 얼른 전교 회의가 끝나기만을 기다렸다.

'요 녀석들 두고 보자.'

드디어 회의 마지막 순서인 '교가 제창' 차례가 되었다. 맨 앞에 앉아있던 남자아이가 합창지휘봉을 흔들며 씩씩하게 걸어 나왔다. 전교 회장과 부회장은 고정이지만, 지휘는 4학년부터 6학년까지 매주 한 번씩 돌아가면서 하였다. 그날은 항상 코를 찔찔 흘리는 까까머리 4학년 남자아이 차례였다.

　풍금 반주가 나오고 교가 제창이 시작되었다. 그런데 세상에나! 내 살아생전 4분의 4박자를 지휘를 그렇게 엉터리로 하는 것을 처음 보았다. 까까머리 아이는 박자와 전혀 맞지 않는 손동작으로, 허공에다가 제 마음대로 지휘봉을 휘저었다. 무작정 활기차게! 어쨌든 당당하게! 내 멋대로!

　나는 코흘리개가 펼치는 엉터리 지휘에 망연자실했다. 더욱이 자신의 엉터리 지휘 동작을 전혀 개의치 않는 당당한 표정에 두 손을 들었다. 만약 교장 선생님이 지나가다가 이 광경을 본다면 "대체 음악 시간에 뭘 가르친 거요?"라고 따져도 할 말이 없을 정도였다.

　땅이 꺼지게 한숨을 쉬고 창밖으로 시선을 돌렸다. 또 벌들이 날아왔다. 이번에는 한 마리가 아니라 여러 마리였다. 벌들도 무슨 좋은 구경 난 듯이 교실 유리창을 오르락내리락하였다. 그렇게 멍하니 창밖을 보는데, 아이들 합창이 천천히 내 귀를 열었다.

　지휘는 엉망진창인데 아이들 노래는 예사롭지 않았다. 음색은 다르지만 모두 한목소리였고 부드럽고 자연스러웠다. 아이들은 그야말로 악곡의 특징을 살려 밝고 힘차게 불렀다.

　세상에서 제일 엉터리인 지휘와 제일 아름다운 합창을 함께 듣는 묘한 상황, 나는 그 신비로운 조합에 넋을 잃었다.

　합창이 끝날 즈음, 지휘법을 새로 가르쳐야겠다는 생각을 접었다. 4분의 4박자 지휘법은 단 5분이면 가르칠 수 있지만, 꽃과 벌이 함께 부르는 봄 노래 같은 저들만의 어울림은 내가 가르칠 일이 아닌 것 같았다. 나는 그들의 순수한 또는 거침없는 합창에 두 손을 들었다.

세상에서 제일 맛있는 쿠키

- 나누고 나누어도 남았습니다

아침 8시 50분 독서 활동 시간, 기특한 내 아이들은 하나같이 책 읽기에 열중하였다. 교실은 그야말로 쥐 죽은 듯 고요했다. 그런데 교실 뒷문이 살그머니 열리더니, 옆 반 여선생님 얼굴이 빼꼼 들어왔다. 그 선생님은 우리 반 독서 분위기를 해치지 않으려는 듯 손가락으로 '밖에 누가 있다'는 신호를 보냈다. 나가 보니 우리 반 그 아이가 가방을 멘 채, 복도 바닥에 망연히 주저앉아 있었다. 아이는 또 깊은 물 속 고기처럼 제 안에 빠진 것이다.

올 삼월 새 학년이 되어 우리가 처음 만날 때까지, 나는 그 아이가 가지고 있는 장애에 대해 아무것도 몰랐다. 열한 살짜리 아이는 가끔 수업 시간 내내 엎드려 있다가 갑자기 교실을 뛰쳐나갔다. 그리고 옥상으로 올라가는 외진 계단에 혼자 앉아있었다. 어떤 날은 수면을 튀어 오르는 물고기처럼 불현듯 옆자리에 있는 친구를 밀치고 할퀴었다. 아무런 준비가 되어 있지 않았던 나는 허둥지둥 당황할 뿐이었다.

급식 시간이 가장 힘겨웠다. 아이는 밥을 거의 먹지 않았다. 옆에 앉아 "친구들처럼 밥 좀 먹어 맛있게 보아라"고 채근해도 겨우 먹는 시늉만 하다가 도리질을 하였다. 하지만 시간에 맞춰 건네주는 알약은 아무 저항 없이 받아먹었다. 숙명처럼 약을 삼키는 아이 옆에서 우걱우걱 내 몫의 밥을 챙겨 먹기가 부끄러웠다.

"선생님 싫어!"

어느 날은 수업 중에 그 아이가 갑자기 나를 향해 말했다. 그러더니 묵묵부답인 내게 질문을 던졌다.

"선생님도 나 싫어요?"

"아니."

그러자 아이가 황급히 두 손을 가로저으며 소리쳤다.

"아니에요. 싫다고 하세요! 선생님도 내가 싫다고 하세요. 빨리요. 빨리요!"

아이는 울음을 쏟으며 소리 질렀다. 하지만 나는 아이를 진정시키기 위해 "나도 네가 싫다"라고 말하고 싶지 않았다. 안타깝고 슬펐다. 아이는 책상에 엎드려 두 팔에 얼굴을 묻었다. 그리고 차츰 잠잠해졌다. 아이가 밀치면 물러 나주고, 당기면 보듬어주는 일 말고 내가 할 수 있는 게 없었다.

그렇게 무기력하게 흔들리던 어느 날, 급식소 점심에 쿠키가 나왔다. 아이가 내 식판을 보더니 왜 쿠키가 없냐고 물었다. 나는 어른들은 쿠키를 별로 안 좋아한다고 대답했다. 아이가 고개를 갸웃하더니 말했다.

"나중에 내 거 하나 줄게요."

내가 식사를 마치고 숟가락을 놓자, 아이가 정말로 쿠키 하나를 내 식판으로 옮겨주었다. 눈물이 찔끔 날 정도로 기뻤다. 그래서 쿠키를 둘로 쪼갰다. 반은 내가 먹고 나머지 반은 아이한테 돌려주었다. 아이는 그 쿠키 반 조각을 다시 둘로 갈랐다. 그리고 그중 한 조각을 내게 내밀었다. 나는 망설이지 않고 넙죽 받아 입속에 넣었다. 세상에서 제일 맛있는 쿠키였다.

오늘 아침 8시 40분 독서 활동 시간. 조심스럽게 교실 뒷문이 열리고 우리 반 여학생이 살금살금 교실로 들어왔다. 아이는 다가와 귀에 대고 소곤소곤 교실 밖 상황을 말해주었다. 조용히 밖으로 나가보았다.

그 아이가 가방을 멘 채 망연히 바닥에 주저앉아 있었다. 길을 잃은 사슴 눈빛이었다. 나는 아이 이름을 부르며 다가갔다. 그리고 신발을 받아 신발장에 넣어주고 가방을 벗겨 들었다.

"선생님하고 교실에 가자."

하지만 냉큼 일어나지 않고 힐끗 올려 보았다. 아이는 민망하도록 얼굴을 가까이하고, 아무렇지도 않게 그 맑은 눈동자에 내 얼굴을 가득 채웠다. 그러고는 대뜸 말했다.

"선생님 머리 깎았어요?"

아이 말대로 어제 이발소에 다녀왔다. 나는 코끼리처럼 크게 고개를 끄덕였다. 그리고 손을 내밀었다. 내 손을 잡고 일어나던 아이가 또 말했다.

"선생님 머리 보기 좋아요."

"정말? 어제보다 더?"

"예."

참새 같은 아이 어깨를 감싸 안고 교실로 들어왔다. 화사한 아침 햇살이 교실 유리창에서 빛났다.

밥에게 인사를

- 고맙습니다, 오늘도 잘 먹겠습니다

예나 지금이나 교실에서 1학년 꼬마들이 제일 많이 하는 질문은 단연 이것이다.

"선생님, 화장실 갔다 와도 돼요?"

그런데 어느 해부터 학교급식을 시작하고 난 후부터, 아이들은 질문이 하나 더 늘었다.

"선생님, 언제 밥 먹으러 가요?"

아이들은 이제 점심시간에 따뜻한 밥과 국을 먹을 수 있다. 도시락 우열 시대가 가고 급식 평등 세상이 온 것이다. 아이들은 모두 함께 이웃집 잔치에 초대받은 것처럼, 급식소 가는 시간을 묻고 또 묻는다.

드디어 기다리던 점심시간이 되었다. 꼬마들 입이 귀에 걸리고, 목소리도 한 옥타브씩 목소리가 올라간다. 그리고 출발선에 선 조랑말들처럼 발을 동동 구른다. 하지만 급식소로 가는 복도 끝에는 교장실이 있다. 나는 무사통과를 위해 사전 조치한다.

"모두 머리 손!"

참 신기하다. 머리에 손이 올라가면 입이 조용해진다. 머리 어디엔가에 어른이 모르는 입이 하나 더 있는 것일요. 왁자지껄함이 순식간에 잦아든다. 이제 병아리 나들이처럼 줄 맞추어 급식실로 간다. 우리 반에서 제일 키가 작은 준영이가 맨 앞에서 출발한다.

유난히 늦된 준영이는 개구쟁이 그 자체다. 준영이가 제일 싫어하는 것은 체육 시간에 준비운동이다. 선생님 시범을 따라 하지 않고 끝까지 버틴다. "왜 안 하느냐?" 물으면, "그냥 하기 싫어요"라고 대답한다. 그냥 하기 싫다는 걸 어떻게 하겠나? 세상에서 제일 힘든 일이, 나귀를 물가에 몰고 가 억지로 물을 마시게 하는 일이라 하지 않던가?

하지만 급식 시간 준영이는 완전 다르다. 식판과 수저만 들었다 하면 고분고분하다. 오늘도 준영이가 맨 처음 배식을 받는다. 조리원님이 큰 주걱으로 김이 솔솔 나는 따뜻한 밥을 퍼담아 준다. 준영이가 꾸벅 인사한다.
"고맙습니다!"

아이 키가 너무 작아서 꼭 밥에 인사하는 것 같다. 오른쪽으로 한 걸음 옮기면 국 퍼주는 배식구가 나온다. 준영이는 까치발을 하고 식판을 높이 들어 올린다. 이번에도 조리원님이 따뜻한 국을 정성껏 퍼 담아 준다. 국을 퍼주시는 분께도 큰소리로 인사한다.
"고맙습니다!"

마치 커다란 국자를 보고 인사하는 것 같다. 조리원님도 미소로 답례한다. 그분은 날마다 인사하는 준영이를 잘 기억한다. 다시 오른쪽으로 한 걸음. 이번에는 반찬을 담아 주시는 분께 감사 인사를 드린다.

"고맙습니다!"

오늘은 후식으로 바나나가 나왔다. 가끔 과일이 나오는 날에는 6학년들이 모자라는 일손을 돕는다. 6학년 누나가 배식대 끝에서 바나나를 나누어 준다. 노란 바나나에 눈이 휘둥그레진 준영이가 낯선 얼굴을 올려다본다. 6학년도 멀뚱히 눈을 맞춘다. 예의 바른 우리 꼬마는 고개를 갸웃하며 망설이더니 씩씩하게 인사한다.

"고맙습니다!"

6학년 누나도 인사를 받는다. 준영이는 진수성찬이 담긴 식판을 턱밑까지 받쳐 들고, 새색시 문지방 넘듯 조심조심 친구들이 있는 식탁으로 간다.

농부는 쌀 한 톨을 얻기 위해 일곱 근이나 되는 땀을 흘린다고 한다. 그 정성에 바람과 비와 햇빛을 더하여, 비로소 온전한 밥 한 그릇이 된다. 어린 준영이가 밥심으로 어우러져 살아가는 우리네 살림살이를 아는 것 같다. 나도 배꼽 아래에 처진 식판을 가슴팍까지 들어 올리고 밥에게 인사를 한다.

"고맙습니다. 잘 먹겠습니다."

쪽풀보다 더 푸른 빛

- 교생 선생님과 세 가지 선물

우리 교실에 교생 선생님들이 왔다. 무려 다섯 명씩이나! 교실은 커다란 비단잉어가 들어온 연못처럼 화사해졌다. 아이들은 비단잉어에 눈을 뺏긴 붕어처럼, 젊은 교생 선생님들 꽁무니를 따라다녔고, 나는 졸지에 찬밥이 되었다. 옛날 옛적에 젊은 소실이 들어와 한집에서 살게 된 본처 마음이 이랬을까. 나는 버림받은 아낙처럼 옷고름만 입에 물고 바라볼 수밖에 없었다.

그러나 시간은 화살보다 빠르다. 실습 기간이 끝나고 마침내 작별의 날이 왔다. 아이들은 떠나가는 교생 선생님들을 위해 리코더 합주와 아이돌 군무 그리고 빗자루 락 연주를 선보였다. 나 또한 기꺼이 구렁이 알 같은 돈을 내어 뒤풀이 행사를 후원했다.

그렇게 잔치가 끝나고 마침내 교생 선생님들이 떠나가는 순간, 교실은 가랑잎 분교 졸업식장을 방불케 했다. 옷자락을 붙들고 가지 말라고 매달리는 아이, 다음에 꼭 만나자고 새끼손가락을 거는 아이, 창문 밖을 바라보며 울먹이는 아이. 아! 이 철부지들이 내년 졸업식 때도 나를 위해 이런 감동적인 장면을 연출해줄까?

교생 선생님들도 눈물을 글썽이며 아이들을 위한 손편지를 주고 떠났다. 세련된 편지 봉투와 젊음이 묻어나는 개성 있는 글씨체를 보니, 맨날 심심한 명조체만 보던 아이들이 혹하고 빠질만했다. 몇몇 여학생들은 책상에 엎드려 흑흑 울기까지 했다. 그런데 그 와중에 눈이 벌겋게 충혈된 남자아이가 앞으로 나와서 말했다.

"선생님, 정열이는 편지를 못 받았어요."

"응?"

그럴 수가! 정열이한테 다가가서 정말 편지를 못 받았냐고 물어보니 고개를 끄덕였다. 이게 어찌 된 일일까? 정열이는 우리 반에서 제일 착한 아이다. 너무 착해 불량기 있는 녀석들도 함부로 대하지 않을 정도다. 그런데 편지를 못 받다니. 정열이는 섭섭한 마음을 감추었다가, 교생 선생님들이 떠나자 혼자 눈물을 흘린 것이다.

총명한 교생 선생님들이 그럴 리가 없는데, 뭐가 잘못됐을까? 나는 황급히 그 원인을 찾아보았다. 아! 내 불찰이 컸다. 애초에 교생 선생님 한 명당 여섯 명씩 아이들을 배정하여 지도를 맡겼다. 그런데 내가 건네준 명단에 정열이 이름이 빠져있었다. 이 일을 어쩌나? 눈앞이 깜깜해졌다.

일단 정열이를 토닥이며, 있는 그대로를 말했다. 모두 내 실수임을 밝히고 사과했다. 하지만 이미 상처 입은 아이 마음을 달래줄 방법이 없었다. 고민 끝에 상찬용으로 가지고 있던 문화상품권 두 장을 건넸다. 정열이도 난감한 선생님 마음을 힘들게 하지 않으려는 듯이 희미하게 웃어주었다.

그런데 수업을 마치고 아이들이 모두 떠나간 뒤, 교사용 책상을 정리하다 보니 흰 봉투 하나가 놓여있었다. 뭔가 싶어 열어보니 짧은 편지와 도서상품권이 들어 있었다. 정열이가 두고 간 것이었다.

> — 선생님께
>
> 도서상품권 다시 돌려 드리겠습니다. 고작 편지 한 장 못 받았다고 도서상품권 받으면 다른 사람은 기분이 어떻겠습니까? 그래서 다시 돌려 드립니다. 편지 정도는 시간이 지나면 잊어버릴 수 있습니다.

너무 미안해서 아무 일도 할 수 없었다. 내가 텅 빈 교실에서 넋을 놓고 있던 바로 그 시간, 운동장에는 또 다른 일이 벌어지고 있었다. 수업을 마치고 운동장에 모여 축구를 하던 우리 반 아이들이, 때마침 뒤늦게 교문 쪽으로 걸어가는 교생 선생님 한 분을 발견한 것이다.

아이들은 달려가서 교실에서 있었던 일을 교생 선생님에게 말하였고, 교생 선생님은 재빨리 휴대폰 문자를 날렸다. 그리고 잠시 후 교문을 나서서 뿔뿔이 흩어졌던 교생 선생님들이 다시 학교로 돌아왔다. 교생 선생님들은 운동장 한쪽 플라타너스 아래에 모여 한 아이를 위한 편지를 쓰기 시작했다.

다음 날 조회 시간, 나는 어제 일은 교생 선생님들 실수가 아니라 온전히 내 탓이었음을 공개적으로 밝혔다. 그리고 그 후 있었던 기적 같은 일들을 상기된 목소리로 말해주었다.

"하늘이 도운 것처럼 편지가 돌아왔다. 그것도 무려 다섯 통이나!"

나는 어제 교생 선생님들로부터 받은 편지 다섯 통을 아이들한테 보여주었다. 쏟아지는 탄성과 박수 소리 사이로 정열이가 수줍은 듯 걸어 나왔다.

청출어람. 쪽에서 우러난 푸른빛이 쪽보다 푸르다고 했다. 부족한 스승이 '바담 풍'이라고 해도 '바람 풍'으로 알아듣는 슬기로운 아이들과 풋풋하기 이를 데 없는 젊은 교생 선생님들 덕분에 어리바리한 담임은 겨우 체면을 차렸다.

노란 모자

- 그날 우리 반 꼬마들의 돌출 퍼포먼스

어떤 때 아이들은 분봉을 시작하는 벌떼 같다. 요란한 소음과 무질서한 비행으로 보는 이의 넋을 단숨에 빼놓는다. 하지만 알 듯 모를 듯한 그들만의 교감이 미미하게 느껴질 때가 더러 있다. 지난 월요일 아침이 그랬다.

작은 분교장의 아침, 교실에 들어와 창문을 열고 있을 때, 여느 날과 다름없이 개구쟁이 종배가 제일 먼저 등교했다. 다른 날보다 훨씬 이른 시간이다.

"안녕하세요!"

꼬맹이 목소리가 제법 우렁찼다. 종배는 매고 온 가방을 제 자리에 걸어놓고 곧바로 뒤편 사물함 쪽으로 갔다. 그리고 지난 토요일에 나누어 준 노란색 모자를 꺼내 쓰고, 교실 벽면에 걸린 커다란 거울 앞에 섰다. 노란 모자가 마음에 드는 모양이다.

종배는 내가 쳐다보는 것도 아랑곳하지 않고 모자 쓴 제 모습을 요리조리 지켜보았다. 위 창이 없고 챙과 끈만 달린 이른바 '썬 캡'이다. 하지만 나는 마뜩하지 않았다. 그 모자는 면내 초등학교 축구대회 후원 기념품으로 인근 회사에서 학교에 기부한 것이다.

모자에는 기념품을 후원한 사실을 잊지 말라는 듯 회사 이름이 굵게 인쇄되어 있었다. 아이들을 위한 순수한 선물이 아니라 기업 홍보물 같은 느낌. 나는 아이들을 광고의 수단으로 여기는 것 같아 영 못마땅했다. 하지만 내 심사가 그러거나 말거나 아이들은 노란색 모자를 꽤 좋아하는 눈치였다.

지난 토요일 종례 시간에 아이들 들뜬 표정이 그랬다. 아홉 살 꼬마들은 마치 하늘에서 난데없이 선물이 떨어진 것처럼 들떠서 저희끼리 한참 동안 모자 패션쇼를 하더니 이렇게 말했다.
"선생님, 오늘 집에 가져가서 쓰고 월요일에 가져오면 안 될까요?"
"안된다. 사물함에 넣어두고 가라."

만약 집에 가져가기를 허락한다면, 월요일 등교할 때 분명 모자를 깜빡 잊고 안 챙겨 오는 아이가 있다. 그 아이는 모자를 쓴 친구들이 부러워서 종일 입을 삐쭉거릴 것이 분명하다. 나는 아이들에게 모자에 자기 이름을 쓰고 각자 사물함에 넣어 두라고 했다.

종배가 다른 날보다 더 빨리 학교에 온 이유는 바로 그것. 노란 모자를 쓰고 싶어서였다. 나는 아이 혼자 편하게 거울 놀이를 하도록 교실을 나와 교사 휴게실로 갔다.

그런데 커피를 다 마시기도 전에 문이 드르륵 열리더니, 우리 반 꼬마들이 우루루 들어왔다.

"선생님, 우리 체육 하면 안 될까요?"

아침부터 웬 체육? 지금은 책 읽기 시간인데? 나는 남은 커피를 홀짝 마시고 일어섰다. 흐트러진 아침 분위기를 잡아야 한다. 꼬마 뒤를 따라 교실로 들어서니 이게 웬일인가? 우리 교실에 때아닌 개나리꽃이 만발하였다. 어느새 꼬마들이 모두 노란 모자를 쓰고 마치 볼 일이 있는 것처럼 부산하게 교실을 휘젓고 다녔다.

그러니까 이왕 노란 모자를 썼으니, 당장 체육 하러 나가자는 말이다. 나는 목에 힘을 주고 말했다.

"애들아, 지금은 독서 활동 시간이고 선생님은 교무실에 회의 가야 한다. 모두 모자 벗고 제 자리로!"

그런데도 몇몇 녀석은 내 주위를 맴돌며 "아, 체육이 너무 하고 싶다"고 엄살을 부렸다. 나는 단호하게 뿌리치고 교무실로 갔다.

교직원 회의에서 오늘 폭염주의보가 내렸으니, 전교 조회를 운동장이 아닌 실내로 하기로 했다. 갑자기 장소가 바뀌는 바람에, 학교 방송을 담당하는 내가 정신없이 바빠졌다. 나는 마이크로 방송을 하였다.

"전교생에게 알립니다. 오늘은 날씨가 더운 관계로 다목적실에 전교 조회합니다. 어린이들은 책상을 정리하고 다목적실로 모여 주기 바랍니다."

잠시 후, 나는 시상할 상장과 방송기기를 챙겨 부랴부랴 다목적실로 내려갔다. 내가 우리 반 아이들의 특별한 모습을 발견한 것은, 방송기기 뒤에 숨어 애국가 반주곡을 틀어주고 아이들을 향해 돌아설 때였다. 백 명 남짓한 전교생 중에, 노란 모자 열여덟 개가 눈부시게 빛났다. 우리 반 아이들 모두 일사불란하게 노란 모자를 쓰고 애국가를 부르고 있었다.

평소에는 고학년들 사이에 끼여 보일락 말락 하던 아이들이 전교생을 압도하였다. 애국가를 부르는 소리도 제일 컸다. 그 모습이 어찌나 늠름한지, 교직원 모두 위풍당당 꼬마들에게 눈을 떼지 못했다. 만약 미리 거수경례를 가르쳤다면, 국기에 대한 경례를 할 때, 우리 반 아이들은 분명 칼 같은 거수경례를 붙였을 것이다.

누가 나에게 '교사로서 제일 행복한 순간'을 물은 적이 있다. 무엇보다 아이들이 귀여울 때다. 열 번 속을 썩여도 단 한 번의 귀여움에 스르르 마음이 녹는다. 나는 오랜 시간 동안 그 맛으로 교사를 했다. 또 하나는 정작 담임으로서 별로 한 일이 없는데, 아이들이 스스로 뭔가를 잘할 때다. 그런 날은 호박이 넝쿨째 굴러온 기분이다. 그날 나는 우리 반 꼬마들이 주는 두 가지 선물을 한꺼번에 받았다.

날마다 보너스

- 나를 몰라 주어서 더 기쁜 날

왁자지껄! 급식소다. 아까 골마루에서 마주친 얼굴인데 새삼스럽게 뭐가 그리 반가운지 얼싸안고 콩콩 뛰는 아이, 장애물 경기하듯 식탁과 식탁 사이를 신나게 질주하는 개구쟁이, 서로 마주 보고 금방이라도 한방 칠 듯 씩씩거리는 꼬맹이들, 참으로 각양각색이다.

하지만 담임은 바쁘다. 일렬로 늘어선 아이들 사이를 오가며 질서유지에 최선을 다해야 한다. 나는 주로 매일 식전에 땅콩 배급을 한다. 여기서 친구 밀치는 녀석 땅콩 하나 꽁! 저기서 고함치는 녀석 땅콩 하나 꽁! 코앞에서 까불대는 녀석 '옜다!' 너도 하나 꽁! 무작위로 불쑥대는 녀석들을 향해 땅콩 세례를 날리는 내 모습은 퇴근길 오락기 앞에서 두더지 잡는 중년 남자와 비슷하다.

점심시간만 되면 이상하게 기분이 좋아진다는 경철이는 늘 내 앞에 서 있다. 경철이는 제 차례가 되면 식판을 들어 뒤에 있는 나에게 건네준다. "수저는 부모님이 먼저 들고 난 뒤에 들어야 한다"라고 가르쳤더니 '식판은 우리 선생님께 먼저 드리고 난 뒤에 내 것 챙기기'를 실천하는 것이다. 반짝반짝 빛나는 식판 한 장은 아홉 살 제자가 날마다 건네주는 보너스다.

얼마 전에 맨 뒤에 줄을 서서 기다리는 경철이와 나 사이에, 뒤늦게 온 1학년 꼬마 한 명이 샌드위치처럼 끼여 서게 되었다. 그때 마침 식판을 챙겨 들고 나에게 보너스를 주려던 경철이가 뒤에 있는 인물이 선생님이 아니라 멈칫하였다. 한순간 망설이던 경철이는 들고 있던 식판을 동생에게 불쑥 내밀었다. 친절함이 몸에 밴 것이다.

아이들 입에 밥 들어가는 소리는 마른논에 물 대는 소리 같다고 한다. 그러나 준영이는 편식이 심하다. 할 수 없이 날마다 내 옆자리에 앉히고 고루 먹기를 지도한다. 오늘도 숟가락질이 영 시원찮았다. 맛있는 햄이나 고기반찬이 없으면 숟가락을 들고 세월아 네월아 코를 빼고 있다. 내가 다 그치자 조그마한 입에서 한마디 한다.

"선생님 안 먹으면 안 돼요?"

"안돼!"

하지만 여전히 깨작깨작 입을 오물거린다.

"김치는 눈을 예쁘게 하고 햄은 코를 크게 하고 시금치는 입을 예쁘게 한다. 그런데 네가 햄만 먹어 봐라. 어떻게 되겠냐? 코만 커지겠지? 얼마나 보기 싫겠냐?"

날마다 그렇게 꼬드겨도 효과가 없다. 오늘은 보다못해 기어코 결정타를 날렸다.

"요놈아, 반찬을 골고루 먹어야 한다고 그랬지?"

꼬마가 고개를 끄덕인다.

"그래야 선생님처럼 얼짱 되는 것이야."

그랬더니 요 녀석이 숟가락을 들다 말고 내 얼굴을 빤히 쳐다보고 따지듯 말했다.

"선생님은 성형수술했잖아요!"

우와! 하마터면 젓가락을 떨어뜨릴 뻔했다. 내 생전 처음 들어 보는 최고의 찬사가 아닐 수 없다. 어릴 적 내 어머니가 "우리 아들 뒤꼭지가 세상에서 최고 잘 생겼다"라는 칭찬을 들은 뒤, 사십 년 만에 들어 보는 외모에 대한 찬사였다. 아이들은 저희도 모르는 사이 상대방을 적어도 한 달 정도는 기분 좋게 할 수 있는 능력이 있다. 어른들은 흉내도 못 낸다.

그나저나 편식지도는 제대로 했던가? 천만에! 너무 좋아 입이 안 다물어져 목구멍으로 밥이 제대로 넘어가지 않는데, 미주알고주알 뭘 더 따진단 말인가. 더군다나 엄마 뱃속에서부터 성형하고 나온 주제에 말이다.

2장

사랑

파랑새처럼

- 교실에는 투명한 실개천이 흐른다

맑은 아침, 아이가 학교 현관에서 하얀 실내화를 갈아 신는다. 계단을 올라가는 발걸음이 새처럼 가볍다. 콩콩 단숨에 교실까지 오는 걸음이 얼마나 날렵한지, 파랑새 한 마리가 실개천을 스쳐 오르는 듯하다. 아이들에게는 어른이 갖지 못한 가벼움의 미학이 있다.

교실에 들어온 열한 살 지우가 제 자랑을 쏟아놓았다.

"선생님, 우와, 나 어제 대박 났어요!"

"뭔데?"

"원호가 날 좋아한대요. 문자로 그랬어요."

덜렁이 원호가 여학생한테 관심을? 그 무뚝뚝이 개구쟁이가? 아무래도 뻥 일 것 같다. 그래서 "어디 한번 보자" 했더니, 서슴없이 폰 화면을 공개한다. 헐! 액정에 이렇게 적혀 있다.

> 당신을 사랑하여도 되나요

"오! 대단한데"

나는 놀란 마음을 감추지 않았다. 지우 양도 '뭐 그 정도는 아무것도 아니죠'라는 듯 도도한 눈빛을 보내고 휘리릭 제자리로 들어간다. 지우가 떠나자 아까부터 옆에서 지켜보던 꼬맹이 서은이가 부러운 듯 내게 말한다.

"지우 대따 인기 좋아요. 민혁이도 좋아해요."

민혁이까지? 이건 진짜 장난이 아니다. 민혁이가 누군가! 희고 작은 얼굴에 오뚝 선 콧날. 검은 띠 삼 품을 자랑하는 어린이 태권왕이다. 지난달 봄 소풍 갔을 때, 우연히 같은 장소로 소풍을 온 여중생들이 "제발 누나들하고 사진 한번 찍자" 하면서 졸졸 따라다닐 정도다.

때마침 민혁 군이 황금빛으로 물들인 금발을 휘날리며 교실로 들어왔다. 녀석은 특유의 시크한 표정으로 내게 인사한다. 나는 아우라를 발산하는 인기남을 불렀다. 그리고 귀에 대고 살짝 물어보았다.

"너 지우 좋아한다며?"

순간, 민혁이는 '아니! 그걸 어떻게 알았죠?' 하는 표정으로 나를 흘깃 바라본다. 그리고 대답 대신 빙긋 웃고 제자리로 들어갔다.

꼬마 여학생들은 감추는 것보다 드러내고 싶은 것이 훨씬 많다. 그래서 맑고 투명하다. 첫 시간 수업이 끝나자마자 또 지우가 다가왔다. 이번에는 제 새끼손가락을 하늘로 치켜들고 말한다.

"아이참, 손가락 다쳤어요."

에게게! 겨우 살짝 긁힌 정도다. 이 속 보이는 어리광은 선생님에게 뭔가 할 말이 있다는 신호다.

나는 손가락에 "호!" 해주고 나서 물었다.

"남자애들이 왜 너를 좋아해?"

지우는 고개를 갸우뚱하더니 잘 모르겠다며 살짝 튕긴다. 나는 진짜 궁금했다. 그래서 다시 채근했다.

"선생님이 비밀 잘 지키는 것 알잖아. 아무한테도 말 안 할게. 진짜로!"

나는 두 손으로 나팔꽃을 만들어 내 귀에 펼쳐 보였다. 지우가 조심조심 다가와 속삭인다.

"예쁜가 봐요. 어제 민혁이가 전화로 그랬어요. 내가 예쁘다고요."

열한 살 아이의 깜찍한 사랑 이야기와 상관없이, 교실 여기저기 아이들이 끼리끼리 모여 웃고 떠들어대는 소리가 들린다. 맑은 실개천에 따라 춤추는 파랑새들 같다. 돌과 수풀과 바람 사이를 자유로이 날아다니는 파랑새들 사이로, 음악 같은 빛이 실개천에 쏟아진다. 샤라라라~

토끼, 호랑이 굴을 뒤집다

- 말하지 못한 이를 위한 사랑 고백법

바야흐로 봄이다. 화단에 핀 꽃들 사이로 나비가 날고 있다. 참으로 오랜만에 보는 봄 풍경이다. 가만히 보니 나비의 비행이 예사롭지 않다. 언뜻 보면 꽃들 사이를 어지러운 곡선을 그리며 나는듯하지만 그렇지 않다. 나비는 꽃 하나를 선택하여 계속 그 근처를 빙빙 맴돈다. 창가에서 턱을 괴고 나비를 보다가 얼마 전에 우리 교실을 쳐들어온 꼬맹이를 떠올렸다.

우리 반 아이들은 아침마다 소학을 통독한다. 자율학습 시간 십 분이 거의 서당 분위기다.

父生我身(부생아신)하시고 **母鞠吾身**(모국오신)하시며
腹以懷我(복이회아)하시고 **乳以哺我**(유이포아)로다….

난해한 한자어와 송독음이 지루할 만한데 아이들은 그렇지 않나 보다. 흥부네 처마 밑 제비 새끼들처럼 잘도 재잘거린다. 그 맑은 아침 송독음을 듣노라면, 나는 과거로 돌아가 훈장님이 된 기분이다.

닷새 전 아침 사자소학 시간이었다. 서당 분위기가 차츰 고조되어 내가

훈장님처럼 눈을 지그시 감고 상상의 수염을 쓰다듬고 있던 때, 우리 교실 문 입구에 꼬마 한 명이 자꾸만 기웃거렸다. 처음에는 형님 누나들이 읽는 책 읽는 소리가 신기해서 구경하는가 보다 생각했다.

그런데 아이는 한참이 지나도 떠날 줄 모르고, 나중에는 교실 안까지 머리를 넣고 두리번거렸다. 꼭 하얀 집토끼 같았다. 점잖은 우리 반 학동들의 집중력은 토끼 쪽으로 조금씩 흐트러졌다. 아무래도 누구를 찾아온 것 같았다.

"뭐하러 왔는데? 누구 찾아?"

꼬마가 기다리던 사람은 뜻밖에 바로 나였다.

"저는 1학년인데요, 저번에 우리 반에 왔죠?"

지난달 보결 수업으로 1학년 교실에 갔던 일이 생각이 났다. 그렇다고 고개를 끄덕였다.

"제가요… 색종이를 잘 접거든요. 나중에 선생님한테 선물해 줄게요."

웬 선물? 난데없는 선물이라는 말에 어리둥절했지만, 일단 고맙다고 했다. 꼬마는 코가 땅에 닿도록 넙죽 인사를 하고 갔다. 난 괜히 으쓱해져서 우리 반 아이들에게 자랑했다.

"애들아, 금방 들었지? 선생님 인기가 이 정도다."

그런데 괜한 허풍은 아니었다. 첫째 시간이 마치자, 정말로 꼬마가 색종이로 만든 물고기를 들고 왔다. 빨강 파랑 초록 회색 색종이로 접은 네

마리의 물고기였다. 이게 무슨 일이고?

대체 그 반 보결 수업에 들어가서, 내가 무엇을 어떻게 했기에 이런 대접을 받나 싶었다. 사실 그 반이 몇 반이었는지 아리송하고, 더구나 그 아이는 정말 기억이 나지 않았다. 아무튼, 이 상황을 목격한 우리 반 아이들도 꽤 놀라는 눈치였다. 모두 '우리 반 선생님이 그렇게 인기가 있었나?' 하는 선망의 눈빛을 보내주었다. 자고 나니 유명해졌더라는 말이 실감 났다.

그런데 끝이 아니었다. 둘째 시간이 끝났을 때, 우리 반 아이들이 교실 앞문 쪽을 가리키며 소리쳤다.

"선생님 또 왔어요!"

쳐다보니 그 토끼였다. 꼬마는 이번에는 허락도 받지 않고 바로 쪼르르 교실 안으로 들어왔다. 아이 손에는 또 색종이로 접은 물고기가 들려 있었다. 이젠 우리 반 아이들의 질투 어린 시선이 좀 부담스러웠다.

"어이쿠, 이제는 그만 줘도 되는데…."

하지만 내가 속으로 '어휴, 요 귀여운 것!' 하며 선물을 접수하려던 찰나, 꼬마는 제 손에 든 물고기를 얼른 뒷춤에 감추었다. 그러고는 한 걸음 더 바싹 다가와 내 귀에 대고 소곤거렸다.

"이 선물은 누나 거예요."

머쓱해진 내가 재빨리 손을 거두고 그 누나가 누구인지 물어보았다. 토끼는 망설이지 않고 가운데 모둠에 앉아있는 선영이를 지목했다.

"선영아, 1학년 동생이 너한테도 선물 주고 싶단다."

선영이 천진한 눈이 동그래졌다. 우리 반 서른다섯 명의 눈도 휘둥그레졌다. 내가 그 꼬마에게 갖다 줘도 된다는 눈빛을 보내자, 아이는 누나와 형들의 쏟아지는 시선을 온몸으로 받으며 당당하게 걸어갔다. 그리고 손에 든 색종이 물고기를 선영이에게 불쑥 내밀었다. 착한 선영이 볼이 발그레해지며 어쩔 줄 몰라 망설이고 있었다. 내가 토끼 편을 들어주었다.

"괜찮다. 동생이 주는 선물이니 받아라."

고분고분한 선영이가 마지못해 색종이 물고기를 받았다. 통 큰 토끼는, 놀라서 입이 딱 벌어진 선배들 사이를 지나 유유히 사라졌다. 아직 눈도 덜 떨어진 1학년 토끼가 4학년 호랑이 소굴을 그렇게 뒤집어 놓고 갔다.

꼬마는 애초에 내가 아닌 선영이에게 관심이 있었던 것이다. 대범한 데다가 주도면밀하기까지 한 토끼에게 내 비록 부지불식간에 배신당했지만, 나비와 꽃이 있는 풍경화 한 폭을 감상한 것처럼 즐거웠다.

실반지

- 사랑의 힘으로도 넘을 수 없었던 그것

텅 빈 교실에 지태와 내가 있다. 지태는 교실
에 혼자 남아 일기를 쓰고, 나는 교사용 책상에
서 밀린 업무를 보고 있었다. 이윽고 지태가 일기장
을 들고 검사 맡으러 온다. 그 참에 나는 간질간질하던 입을 열어 물어
보았다.

"지태야, 너 정말 다현이 좋아하나?"

"예."

역시 소문대로였다. 그런데 적이 걱정이다. 마음씨 곱고 공부 잘하는
다현이가, 키도 작고 일기도 매일 안 써오는 개구쟁이 지태를 받아줄까?
글쎄올시다. 하지만 미심쩍은 내 마음을 아는 것처럼, 지태는 묻지도 않
은 말을 한다.

"저 오늘 바빠요. 문방구에 커플링 사러 가야 해요. 5천 원짜리 반지
살 거예요."

거금 5천 원씩이나 하는 반지를! 하지만 더 놀라운 것은 다현이가 지태
의 커플 제안을 뿌리치지 않았다는 사실이다.

다음 날, 공부 시간에 보니 지태가 한 손으로 자꾸 제 이마를 만졌다. 고사리 같은 손에 은빛 실반지가 반짝거렸다. 그 뒷줄에 앉아있는 다현이 손가락에도 똑같은 모양의 반지가 있었다. 놀랍다. 이지태! 대단하다. 이지태!

하지만 그 역사적인 날 오후에도 지태는 남아서 일기를 써야 했다. 지태가 일기장을 펼쳐 들고 검사 맡으러 왔다. 일기 제목이 '소스 치킨'이다. '닭 다리를 사다가 구워서 소스를 발라 먹으면 엄청 맛있다. 언젠가는 내 여친한테도 만들어서 맛을 보여주어야 하겠지만, 선생님도 꼭 한번 드셔 보시라'는 내용이 구구절절 기록되어 있었다.

일기장에 도장을 찍고 돌려주면서 나는 의미 있는 제안을 하였다.

"지태야, 네 옆자리에 다현이가 앉았으면 좋겠지?"

지태가 웃으며 고개를 끄덕였다.

"같이 앉게 해 줄까?"

"예."

"딱 사흘만 일기 써와라. 그러면 다현이와 짝꿍 시켜줄게!"

"진짜요?"

"당근, 진짜지!"

"올레!"

사랑의 힘은 역시 위대하다. 다음 날 아침 지태는 거짓말처럼 일기를 써왔다. 제발 일기 좀 써 달라고 그렇게 간청하고 윽박질러도 안 통하더니

아! 이게 대체 몇 달 만인가. 놀랍게도 지태는 그 다음 날 아침에도 이틀 연속 일기장을 냈다. 당당하고 의젓하게!

그런데 하필 마지막 날, 즉 세 번째 일기장을 제출해야 하는 날이 월요일이었다. 지태는 토요일과 일요일 너무 신나게 노는 바람에 일기 쓰는 것을 깜빡 잊고 말았다. 딱 한 번만 더 일기를 써왔다면 여자 친구하고 앉을 수 있는 절호의 기회였는데 정말 아깝다. 그렇지만 약속은 약속이니 어쩔 수가 없다.

월요일 오후 텅 빈 교실, 지태 곁에는 다현이가 아니라 내가 있었다. 시간은 속절없이 흐르고 또 지태는 덜렁덜렁 일기장을 들고 내 앞에 나타났다. 나는 사랑의 불씨로 어린 학생의 향학열에 다시 한 번 불을 댕기고 싶었다.

"지태야, 그런데 너 자꾸 이러다가 나중에 커서 네 여친이 이렇게 말하면 어쩔래. 지태 씨! 날마다 일기도 안 써오는 무책임한 행동을 하시면서 어떻게 제 인생을 책임지시겠어요? 하고 물어보면 어쩔래? 그러다가 깨지기라도 하면 어쩔래?" 그랬더니 외로운 열한 살이 한순간 고민하는 듯하더니 입을 열었다.

"그러면 그냥 쿨하게 헤어질래요. 엄마처럼 뭐라 뭐라 자꾸 하면 귀찮단 말이에요."

나는 그 단호한 마음을 돌리지 못했고, 지태는 다음 날도 그다음 날도 느긋하게 교실에 남아 일기를 썼다.

그런데 오늘 급식소에서 식사를 마친 지태가, 식판 검사를 맡은 뒤 돌아서더니 내 귀에 바짝 대고 소곤거렸다.

"선생님, 저 다현이하고 깨졌어요."

"으잉? 왜? 왜?"

"아직 초등학생인데 그러면 안 되잖아요. 대학생쯤 되면 몰라도 지금은 좀 빠르잖아요."

누가 뭐라고 그랬나. 녀석은 나에게 한 수 가르쳐주는 듯 그렇게 말하고 총총히 사라졌다.

교실에 와서 보니 우리가 언제 커플이었냐는 듯, 지태는 지태대로 친구들과 신나게 장난을 치고, 다현이 또한 다현이대로 여학생들과 깔깔대며 끼리끼리 아주 잘 놀고 있다. 오로지 나만 '도대체 이 아이를 어떻게 꼬드겨 일기를 쓰게 할 것인가?' 하는 맥 빠진 고민을 하고 있었다.

들에 핀 장미화1

- 아홉 살 개구쟁이의 좌충우돌 서울살이

며칠 전 여자아이가 전학을 왔다. 우리는 교무실에서 처음 만났다. 내가 아이 엄마와 대화를 나누는 내내, 아이는 뽀로통하게 앉아있었다. 짧은 이야기를 마치고 이제 함께 우리 교실로 가보자고 아이한테 손을 내밀었는데, 그 크고 동그란 눈이 흐려지는가 싶더니, 닭똥 같은 눈물이 똑똑 떨어졌다. 아이 엄마는 "딸 아이가 마음이 너무 여리고 겁이 많아서 그렇다"라고 하며 양해를 구했다.

흘깃흘깃 상황을 지켜보던 백전노장 교감 선생님도 난감한지 짐짓 책상 위에 있는 서류만 뒤척이고 있었다. 나는 아이가 안정되면 데려오시라 하고 혼자 교실로 왔다. 얼마 후, 골마루 쪽 창문에 아이 엄마 모습이 보였다. 나는 얼른 교실 밖으로 나가 울음보가 터질락 말락 하는 꼬마 아가씨를 조심조심 교실로 모시고 왔다.

하지만 유리창 밖에서 지켜보던 제 엄마 모습이 사라지자 아이는 자꾸 눈물을 훔쳤다. 영악한 우리 반 꼬마들이 그걸 놓칠 리 없었다.

"선생님 쟤 자꾸 울어요!"

요 녀석 조 녀석 돌아가면서 고자질을 해대는 바람에 수업할 분위기가 아니었다. 나는 책을 덮고 이야기 하나를 꺼냈다.

나는 어렸을 때 좀 불량스러웠다. 국민학교 2학년 때 찍은 사진을 보면 알 수 있다. 흑백 사진 속에는 젊고 고운 우리 엄마가 막내를 안고 있다. 누나와 동생과 내가 그 앞에 나란히 서 있는데, 내 모습이 참 볼만하다. 삐딱하게 짝다리를 짚고 서서 눈을 치뜨고 째려보는 표정이 가관이다.

일찍부터 공부 같은 것에 관심이 없었고, 매일 학교 운동장에서 주인 없는 개처럼 뛰어놀았다. 그렇게 놀다가 서산에 해가 걸리면, 소사 아저씨가 아이들을 운동장에서 내쫓았다. 하지만 동네 형들과 나는 미꾸라지처럼 도망가면서 "♪ 소사 붕어 알 달랑달랑♩"이라는 어구가 반복되는 노래를 불렀다. 콩알만 한 녀석들이 얼마나 괘씸했을까. 소사 아저씨도 참지 못하고 옮겨 쓰기 민망한 욕설을 우리를 향해 퍼부었다.

아이들은 뭐든지 어른보다 빨리 잊는다. 며칠 후 우리는 그 일을 까맣게 잊고 놀다가 소사 아저씨한테 붙잡혀 개 맞듯이 맞았다. 하지만 그렇게 맞고도 집에 가서 아무 말도 못 했다. 말해 봐야 까불다가 잘 맞았다고 부모님께 혼날 것이 뻔하기 때문이다. 바닷바람 드센 남쪽 지방에서 나는 그렇게 자랐다.

그런데 어느 날, 졸지에 서울내기가 되었다. 2학년 때 갑자기 서울로 이사를 오게 된 것이다. 엄마 손을 잡고 서울 충무 국민학교 정문을 들어서던 나는 더 이상 코흘리개 개구쟁이가 아니었다. 엄마는 나를 달걀보다 더 반들반들하게 씻기고, 최신 아동복을 사 입혀서 부잣집 아들마냥 꾸며 주셨다. 그 정성이 통했는지 어쨌는지 담임선생님도 무지렁이 촌놈을 반에서 제일 예쁘고 공부 잘하는 여학생 옆자리에 앉혀 주었다. 하지만 선생님 배려는 내가 아무 말 하지 않고 입을 다물고 있던 시간까지만 유효했다.

그 시절 내가 사는 곳에서 서울까지 가려면 기차로 짧게는 8시간, 길게는 12시간 넘게 걸렸다. 생활 수준도 엄청 차이가 났다. 전학 첫날, 쉬는 시간에 아이들이 다가와 말을 붙였다. 그런데 이상했다. 분명히 우리나라 말인데 도무지 알아들을 수가 없었다.

서울말은 빠르고 유려해서 마치 노래를 듣는 것 같았다. 그에 비해 내 사투리는 너무 투박하고 밋밋했다. 서울 아이와 내가 나누는 대화는 대충이랬다.

"쟤한테 말 붙였걸랑 근데 쫌 따른 과야 너어무 이상해."

"니머라캤노?"

"머라캐가 뭐야? 말해 봐! 빨랑빨랑!"

"빨랑은 또 머꼬?"

"머꼬가 뭐야. 아유 증말 웃겨 호호호!"

하지만 그건 시작에 불과했다.

국어 시간이었다. 선생님이 나를 호명하더니, 배울 부분을 읽어보라고 하셨다. 나는 그때까지 놀기에 바빠 아직 받침 있는 글자를 아직 다 깨치지 못했다.

"어머니… 심부르… 가씀미다… 상저에는무… 거드… 마나슴미다."

(어머니 심부름을 갔습니다. 상점에는 물건들이 많았습니다.)

듣고 있는 사람들이 답답해서 복장이 터질 지경이었다. 미처 세 문장을 다 읽기도 전에 선생님은 됐으니 그만 앉으라고 했다. 당달봉사 개울물 건너듯 더듬더듬 책을 읽는 내 수준은, 운율과 박자를 살려 또박또박 읽는 서울 아이들에 비할 수가 없었다. 내 수준이 적나라하게 드러나기까지 단 하루도 걸리지 않았다.

다음 날 선생님은 우리 반에서 제일 예쁜 짝꿍 옆에 앉았던 나를, 다른 자리로 바꾸어 버렸다. 새 짝꿍은 안경 속에 눈꼬리가 위로 치켜 올라간 여자아이였다. 그 아이는 촌닭과 짝꿍이 된 것을 무척 억울해하는 듯했다. 그래서 책상 가운데 38선을 그어놓고 확실하게 경계를 했다. 만약 책이나 공책이 선을 넘어가면 사정없이 줄을 좍 그었다. 어쩌다 손이 넘어가도 봐주는 법이 없었다. 사정없이 손등 위에 금을 그었다.

"이 가시나! 칵 고마!"

주먹을 치켜들고 위협했지만, 총알처럼 빗발치는 서울말을 당해 낼 재간이 없었다. 나는 직설적이고 혼자였지만, 서울 아이들은 이성적이고 여럿이었다. 아이들은 이런 말을 노래에 얹어 부르며 나를 놀렸다.

"♩♪ 시골 놈 촌놈 말라빠진 시골 놈 시골 놈 촌놈 말라빠진 시골 놈 ♩"

나도 지지 않고 이런 노래로 되갚아 주었다.

"♩♪ 서울내기 다마내기 맛 좋은 고래고기 서울내기 다마내기 맛 좋은 고래고기 ♩"

꿋꿋하게 싸웠다. 마음에 상처 같은 것도 받지 않았다. 머나먼 남쪽 나라에서 치고받고 거칠게 놀던 몸이라 그 정도는 끄떡없었다. 게다가 학교 밖의 서울살이가 정말 재미있었다. 서울에 와서 처음으로 텔레비전을 보았고 노란색으로 휘어진 바나나를 실물로 확인했다. 육각형 가죽 무늬가 있는 축구공도 처음 차 보았다. 그리고 멀리서 서울의 봄이 들장미와 함께 자박자박 오고 있었다.

들에 핀 장미화2

- 나는 그것을 첫사랑이라고 우겼다

아홉 살은 원래 알랑방귀다. 서울 아이들도 마찬가지였다. 틈만 나면 선생님에게 잘 보이고 싶어 안달이었다. 내가 보기에 우리 반은 청소 시간에 알랑방귀가 제일 심했다. 수업이 끝나면 모두 잽싸게 청소함으로 달려가 빗자루나 걸레를 챙겼다. 비질하는 아이들은 선생님 근처를 오락가락하며 아까 쓸었던 곳을 또 쓸고, 걸레질하는 아이들은 선생님 시선을 벗어나지 않는 곳에서 엉덩이를 하늘로 치켜들고 교실 바닥을 닦았다.

물 당번은 아무도 하지 않으려고 했다. 양동이를 들고 수돗가로 가서 물을 길어 오기가 힘들기도 했지만, 무엇보다 선생님 눈에 띄지 않아서였다. 나는 전학을 온 첫날부터 선생님 눈 밖에서 벗어났기에, 처음부터 빗자루나 걸레 따위를 탐하지 않았다. 게다가 알랑방귀 따위로 비위를 맞출 생각도 없었다. 그냥 매일 혼자 양동이를 들고 줄레줄레 수돗가로 갔다. 어떤 날은 걸레 빤 물이 금방 더러워져 두 번이나 물을 날라야 했지만 개의치 않았다. 내가 얼마나 힘이 센지 보란 듯이 물을 길어 주었다.

그런데 어느 날 여자아이 한 명이 함께 물 당번을 하겠다고 따라왔다. 촉새처럼 생긴 아이였다. 나는 그 아이를 멀뚱멀뚱하게 보다가 오든지 말든지 휑하니 앞장서서 걸었다. 그리고 여느 때처럼 양동이에 수도꼭지를 틀어 콸콸 물을 받았다. 그런데 그 촉새가 가득 찬 물통을 보고 한심하다는 듯 짹짹거렸다.

"바보야! 이렇게 많은 걸 어떻게 들고 가니!"

그 아이는 양동이를 기울여 받아 놓은 물을 거의 반쯤이나 부어버렸다. 두 명이 들고 가는 물통인데 나 혼자 들고 가는 양보다 적었다. 그날 이후 촉새는 나와 동행하지 않았다. 대부분 그랬다. 반 아이들과 나는 늘 그렇게 어긋나고 삐걱댔다.

한 달쯤 지난 어느 날. 내 유일한 친구 양동이가 사라졌다. 덩치 큰 아이들이 작당해서 미리 내 양동이를 가져가 버린 것이다. 졸지에 역할이 없어진 나는 청소하는 아이들 속에서 멍하게 서 있을 수밖에 없었다. 누구도 무슨 일이 있느냐고 묻지 않았다. 마치 꿔다 놓은 보릿자루처럼 부자연스럽고 난감했다. 그 기분은 아이들과 마구 싸우는 일보다 훨씬 불편했다.

교실 가운데 섬처럼 서 있기를 몇 분이 지났을까. 정신없이 오가는 아이들 사이로, 어떤 여자아이가 내 쪽으로 오더니 자기가 들고 있던 빗자루를 툭 떨어뜨려 놓고 지나갔다. 나는 스치듯 지나는 그 아이 뒷모습과 발끝에 떨어져 있는 빗자루를 번갈아 보았다.

그 순간 무엇을 어떻게 해야 할지 몰랐다. 나보고 가지라고 준 빗자루겠지. 그럼 얼른 주워 가도 되나? 아니야, 실수로 떨어뜨릴 수도 있어. 주워서 돌려줄까? 늘 단순하고 직관적이던 내가 그 짧은 순간 온갖 생각을 하고 있었다.

그렇게 엉거주춤하는 사이, 어디선가 불쑥 나타난 아이가 내 발끝에 있는 그 빗자루를 냉큼 주워 가버렸다. 내 것 같은데 내 것이라고 뺏을 수가 없었다. 하지만 내 마음속으로 따스한 무엇이 천천히 스며들었다.

그 일이 있고 얼마 안 있어, 우리는 소풍을 갔다. 옹기종기 모여 김밥 도시락을 까먹고, 동그랗게 모여서 장기자랑을 시작했다. 선생님이 노래나 춤이나 코미디 할 사람은 앞으로 나오라고 했다. 아무도 나가지 않았다. 그러자 이번에는 친구를 추천하라고 했다. 선생님 말씀이 떨어지자마자 여기저기서 약속이나 한 듯 이름 하나를 외쳤다.

"김○임!"

"김○임!"

"김○임!"

아! 그 아이. 내 앞에 빗자루를 떨어뜨리고 간 여자아이였다. 그 아이도 나처럼 말이 없었다. 나는 사투리라서 입을 닫았고, 그 아이는 부끄럼이 많아 늘 조용했다. 그런 아이가 여러 사람 앞에서 노래를 부른다니 놀랄 일이었다. 하지만 그 아이가 노래를 잘한다는 사실은 전학을 온 나만 빼고 모두 알고 있었다.

친구들 등쌀에 밀려 앞으로 나온 아이는 잠깐 수줍은 듯 몸을 움츠렸다. 선생님과 아이들이 박수로 재촉했다. 아이는 두 손을 앞으로 맞잡고 천천히 노래를 시작했다.

"♪♩ 웬 아이가 보았네 들에 핀 장미화 갓 피어나 어여쁜 그 향기에 탐나서 정신없이 보네 장미화야 장미화 들에 핀 장미화 ♪♩"

보일 듯 말 듯 좌우로 움직이는 작은 몸에서 맑고 고운 목소리가 나왔다. 나는 아이들 틈에서 천사처럼 노래하던 아이를 숨죽여 바라보았다.

세월이 아주 많이 흘렀지만, 가끔 그때 일이 떠오른다. 그런데 이상하게 그날 교실에서 빗자루를 떨어뜨려 주던 일과 그 아이가 노래하던 장면 말고 그 아이에 대한 기억이 아무것도 없다. 그 아이가 어떤 말을 했는지 어떤 옷을 입었는지 아주 사소한 일도 떠오르지 않는다.

분명히 같은 교실에서 일 년 동안 지냈는데, 눈 한 번 마주친 기억조차 없다. 참 이상한 일이었다. 마치 빗자루와 장미화를 기억하기 위해 다른 기억을 모두 지워버린 것 같았다.

가끔 친구들과 첫사랑 이야기가 나오면, 나는 그 이야기를 순수한 첫사랑으로 채색하여 들려주었다. 친구들은 전혀 인정하지 않았지만, 한동안 나는 그것을 첫사랑이라고 우겼다.

하지만 언제부터인가 그렇게 말할 수 없었다. 그것은 첫사랑이 아니라 소외된 한 아이를 위한 어느 아이의 착한 마음, 세월이 갈수록 더 깊이 감사한 마음이었다.

보고 싶다 다람쥐

- 낡은 동전 속에 반짝이던 그 아이 마음

봄이 오면 우리는 운명처럼 만나서, 미운 정 고운 정을 나누며 1년을 지낸다. 그리고 딱 1년이 지나면 미련 없이 헤어진다. 왁자지껄하던 교실은 텅 비고 남는 사람은 아무도 없다. 하지만 잎이 다 떨어진 겨울나무처럼 빈 교실에도 아련한 그 무엇이 남는다.

그해 새 학교에 부임한 첫날, 아침 일찍 배정받은 교실로 갔다. 낯선 교실을 두리번거리며 3층 긴 복도 끝쪽으로 걸어가다 보니 5학년 3반 패찰이 있고, 아무도 없는 교실 앞에는 아이 한 명이 호주머니에 손을 넣은 채 어슬렁거리고 있었다. 아이는 줄곧 이쪽을 바라보다가, 내가 가까이 다가가자 손을 빼고 인사를 했다.

"안녕하세요?"

"그래, 안녕!"

"선생님이 우리 반 선생님이세요?"

"응, 너도 5학년 3반이냐?"

"예"

아이 표정에 살짝 실망한 표정이 스쳤다. 아침 일찍 와서 잔뜩 기대했는데, 젊고 예쁜 여선생님이 아니라 늙수그레한 남선생님이라니! 그 심정을 이해할만했다. 하지만 나는 나대로 녀석이 약간 엉뚱하고 불량스러워 보여 우려스러웠다.

예상대로 만만치 않았다. 석이라는 녀석은 질서와 무질서의 경계선을 교묘하게 넘나들다가, 교사가 방심하는 순간에 혼란을 유발하는 특별한 재능을 가진 개구쟁이였다. 예를 들면 하교 인사도 가끔 이런 식이었다.
"안녕히계세요쿠르트라이앵글쎄올시다람쥐똥구멍!"

기분 좋은 하교 시간인데, "이놈, 무슨 말장난이냐!"라고 야단치기도 애매했다. 겉으로는 허허 웃어넘겼지만, 속으로는 찜찜했다. 시간이 지나자 녀석이 서서히 본색을 드러내고, 나 또한 까칠해졌다. 선을 넘지 않는 이탈은 눈 감아 주지만, 공공의 질서를 해하는 행위는 그냥 두지 않았다. 일탈과 반항. 회유와 압박. 여름이 올 때까지 우리는 그렇게 지지고 볶으며 밀당을 거듭했다.

그렇게 조금씩 서로에게 길들어졌다. 나는 석이가 방송부에 좋아하는 여학생이 있다는 걸 알고, 개과천선을 기회로 방송부에 넣어주었다. 나중에는 다른 아이들이 석이를 편애하는 것 아니냐고 따질 정도였다. 맞다. 특혜였다. 나는 착한 아이들한테 양해를 구했다.
"앞서가는 서른한 마리 양들아, 철없는 한 마리 양을 위해 너희들이 조금 기다려 주면 고맙겠다."

석이를 포함한 열두 살 인생들은 내 말이 무슨 뜻인지 알고 웃어주었다.

어느 날이었다. 아침에 일기장을 검사하려고 세어 보니 몇 권 모자랐다. 일기장 안 낸 사람 앞으로 나오라고 했다. 그런데 석이가 시치미를 떼고 앉아 있었다. 나는 단도직입적으로 말했다.

"너! 일기장을 안 냈으면서 왜 안 나오냐?"

"저 아까 냈어요!"

나는 아이를 불러 교탁 위에 있는 일기장 중에서 네 것을 찾으라고 했다. 당연히 없었다. 그런데도 일기장을 냈다고 염소처럼 우겼다. 나는 녀석의 동공이 가늘게 흔들리고 있는 것을 감지했다. 일단 자리로 돌아가서 다음 수업 시작 전까지 잘 찾아보라며 시간을 주었다.

악동은 잔머리를 계속 굴리고 있었다. 첫째 시간이 지나가고 우유 급식 시간이 되었다. 아이들은 우유를 마시고 나는 연구실로 학년 회의를 하러 갔다. 석이는 그 틈을 타서 도서실로 가서 후다닥 일기를 썼다. 그리고 부하 역할을 하는 친구를 시켜 일기장을 선생님 책상 근처에 떨어뜨려 놓으라고 시킬 작정이었다.

그렇게 하면 또 다른 친구가 우연히 일기장을 발견한 듯 큰소리로 "어! 여기 석이 일기장이 떨어져 있네!" 하면서, 일기장을 주워 교사용 책상에 올려놓으려는 수작이었다. 하지만 알량한 계획은 초장에 발각되어 버렸다.

"내가 너를 달걀 품고 가듯 얼마나 정성을 들였는데, 이렇게 사기를 칠 수가 있나! 이놈아!"

맥이 풀려 점심시간에 밥 한술 못 뜨고 찬물만 들이켰다. 결국 반성문을 쓰게 하는 것으로 사태를 일단락되었고 그 후 악동의 일탈도 눈에 띄게 줄어들었다. 하지만 우리 관계는 전처럼 알콩달콩하지 않았다.

시간이 흘러 12월이 되었다. 연말연시 불우이웃 돕기 모금을 시작하였다. 모금 첫날, 아이들이 교탁 위에 있는 모금함에 성금을 넣었다. 그런데 석이는 검은 비닐봉지 하나를 덜렁덜렁 앞으로 나와서, 마치 잠시 맡아 놓은 물건을 돌려주는 것처럼 교탁 위에 비닐봉지를 놓고 제 자리로 갔다. 봉지를 펼쳐 본 나는 깜짝 놀랐다. 그 안에는 크고 작은 동전들과 함께 꼬깃꼬깃한 지폐도 섞여 있었다. 하루 이틀 동안 모을 수 있는 돈이 아니었다.

매일 아침에 수업 시작 전에 휴대폰을 수거하면, 비싼 고급 스마트폰이 바구니에 가득하였다. 그 속에 유일한 구식 폴더폰이 석이의 것이었다. 석이가 입고 오는 체육복은 너무 오래 입어서 축구를 할 때 발목이 훤히 드러나고, 피구를 할 때는 배꼽이 드러날 정도로 작았다. 그래도 석이는 아무 상관 없는 듯 활기차게 놀았다. 낡은 동전 속에서 내가 미처 보지 못한 보석 같은 아이 마음 한쪽이 반짝거렸다.

찬 바람이 부는 2월, 우리가 헤어지는 날이 되었다. 나는 아이들과 일

일이 작별 포옹을 나누었다. 석이는 맨 뒤에서 어슬렁거리고 있다가, 친구들이 교실을 빠져나가자 내 앞에 섰다. 나는 느꺼워져서 힘껏 아이를 껴안아 주었다. 석이도 평소답지 않게 주뼛거리더니 말했다.

"선생님, 꼭 할 말이 있었는데…. 에이, 그냥 부끄러워서 말 안 할래요."

그렇게 말하고 꾸벅 인사를 하더니 교실을 나갔다.

우리는 이 교실에서 제일 처음 만나고 가장 마지막으로 헤어졌다. 나는 골마루로 나가 아이 뒷모습을 지켜보았다. 그리고 마음으로 마지막 인사말을 건넸다.

'안녕히가세요귀여운녀석아주가끔은네가보고싶겠다람쥐'

3장

친구

그늘 밑 나무 의자에

- 천사들은 약간 녹은 아이스크림을 좋아한다

야영 수련 활동 이틀째, 그 아이가 기어코 사고를 쳤다. 불현듯이 달려들어 옆자리에 있는 친구를 때린 것이다. 돌발적인 폭력에 놀란 강사들은 아이를 강사 사무실에 따로 떼어 놓고 나한테 연락했다. 허겁지겁 가보니, 아이가 덩그러니 앉아 있었다.

섬처럼 혼자 있는 아이를 보니 호되게 야단치려던 마음이 흔들렸다. 아이는 내가 다가가자 "언제 과자 사 먹으러 가요?"라고 했다. 나는 질문을 무시하고 "왜 또 친구를 때렸냐? 안 그러기로 약속하지 않았느냐?"며 다그쳤다. 아이는 고개를 숙인 채, 말없이 내 손을 잡고 만지작거렸다. 불안정한 집착이었다.

아이는 교실에서도 가끔 친구한테 와락 달려들었다. 그중 종윤이가 자주 손찌검을 당했다. 하지만 종윤이는 한 번도 되받아치지 않았다. 마치 쫓기는 고양이처럼 친구들 사이로 몸을 피할 뿐이었다. 종윤이와 우리 반 아이들은 마음이 아픈 친구를 귀찮아하지도 않고 특별하게 대하지도 않았다. 그 아이가 이번 야영 수련 활동에 동참할 수 있었던 것도 어쩌면 무심한 듯 받아주는 우리 반 친구들 덕분이었다.

시간이 조금 지나자, 아이는 잡고 있던 손을 놓았다. 그리고 언제나처럼 폭풍이 지나간 바다같이 평온해졌다. 나는 아이를 일으켜 세워 친구들이 활동하고 있는 목공예장으로 갔다. 친구들은 작은 목공예품 만들기에 한창이었다. 동그란 탁자 맞은편에 있는 종윤이도 열심히 나무 목걸이를 만들고 있었다. 나는 강사들의 우려스러운 눈빛을 외면하고 아이를 제자리에 앉혔다. 그리고 내팽개친 나무 목걸이를 주워 함께 만들기 시작했다.

바늘처럼 얇은 자개 조각을 핀셋으로 집어, 동전 크기만 한 나무 목걸이에 붙여 자기 이름을 꾸미는 활동이었다. 그런데 자개 조각이 너무 얇고 가늘어 여간 성가신 게 아니었다. 게다가 급히 오너라 돋보기마저 챙겨 오지 못했다. 자개 조각이 핀셋 끝에서 자꾸 미끄러졌다. 그러다가 얼떨결에 모둠원들이 함께 쓰는 접착제 통을 밀쳐 쏟아 버렸다.

도와주지 못할망정 도리어 아이들한테 방해되다니⋯ 허겁지겁 책상 위에 흘린 끈끈한 액체를 닦는데, 까닭 모를 서글픔이 와락 달려들었다. 나는 망연히 앉아 있는 아이 손을 잡고 도망치듯 목공예장을 빠져나왔다. 아이가 어디 가느냐고 물었다. 나는 아까 과자 먹고 싶다고 하지 않았냐고 말했다.

우리 둘은 야영 수련원을 빠져나와 동네로 향하는 내리막길을 터벅터벅 걸어갔다. 아이도 마음이 홀가분해진 듯 콧노래를 흥얼거렸다. 하지만 내 마음속 파도는 아직도 출렁거렸다. 아이한테 왜 친구를 때렸냐고 물어보았다. 그 이유만이라도 알면 조금이라도 도울 수 있을 것 같았다. 아이는 미간을 좁히고 잠시 생각하더니 잘 모르겠다고 대답했다. 그리고 말했다.

"종윤이한테 아이스크림 사줄 거예요."

동네 가게에서 아이스크림 세 개를 샀다. 아이는 냉큼 아이스크림을 먹지 않고 야영 수련원 가는 길 쪽으로 나를 이끌었다. 아이스크림은 녹기 전에 먹어야 한다. 우리는 서둘러 오르막길을 걸어 돌아왔다. 나는 수련원 뜰 앞, 커다란 나무 그늘이 있는 의자에 아이를 앉혀 놓고 종윤이를 데리러 갔다.

목걸이 공예는 막바지 과정으로 접어들고 있었다. 나무 목걸이에 자신의 이름을 다 꾸민 아이들이 줄을 서서 유약 칠할 차례를 기다리고 있었다. 그 속에 키 작은 종윤이가 보였다. 종윤이는 제 손바닥 위에 목걸이를 올려놓고 줄 서 있었다. 그런데 다른 아이들과 달리, 종윤이 손바닥에는 나무 목걸이를 양손에 하나씩 두 개를 들고 있었다. 하나는 자기 이름이, 다른 하나는 자기를 괴롭힌 아이 이름이 있었다. 아까 우리가 만들다가 포기한 것이었다.

"둘 다 네가 만든 거냐?"

종윤이가 해맑게 고개를 끄덕였다. 그 순간 내 가슴 깊은 곳에서 무엇이 올라와 울컥했다. 아이의 맑디맑은 눈에서 형언할 수 없는 평화로움 같은 것이 온몸을 감쌌다. 나는 눈물이 날 듯 느꺼워져 작은 어깨를 감싸 안고 밖으로 나왔다.

　우리는 커다란 나무 그늘 밑, 긴 의자에 함께 앉았다. 아이들은 아까 일은 까맣게 잊은 듯 마주 보고 활짝 웃었다. 수많은 나뭇잎 사이로 화사한 빛이 보석처럼 쏟아져 내리고 날개를 감춘 천사들이 약간 녹은 아이스크림을 맛있게 드셨다.

돌아오라, 닭고기

- 교실을 탈출한 1학년 꼬마 이야기

음악 전담 시간이었다. 우리 반 아이들은 모두 음악실로 가고 혼자 교실을 지키고 있었다. 그런데 밖에서 꼬마 울음소리가 들렸다. 얼른 나가 보니 1학년쯤으로 보이는 남자아이가 계단 난간을 잡고 앙앙 울고 있다. 무슨 사연이 있어 3층 계단까지 올라와 통곡할까? 아이한테 다가가서 왜 우느냐 물었다.

"우리 선생님이… 앙앙 막… 화내고… 나가라고 했어요… 앙앙"
친구와 장난치다가 부딪쳤는데, 선생님이 자기만 야단치더라는 것이다. 어쨌든 위험한 상황은 아니라 다행이다. 아이를 데리고 와서 빈자리에 앉히고 맑은 눈물과 콧물을 닦아 주었다.

1학년 꼬마의 교실로 전화했으나 아무도 받지 않았다. 아이 손을 잡고 이제 괜찮으니 함께 너희 교실로 가자고 했다. 그런데 손을 빼고 도리질을 했다. 달래고 꾀어도 듣지 않았다. 고집이 여간 아니었다.
할 수 없이 혼자 1학년 3반 교실로 내려갔다. 담임선생님은 선생님대로 아이를 찾아 이리저리 헤매고 와서 안절부절못하고 있었다. 사연인즉, 개구쟁이 꼬마가 친구한테 주먹질해서 선생님이 혼내자 떼를 쓰고 달아났다는 것이다. 지친 선생님 목소리가 모깃소리만큼 작았다. 나는 이번 시간이 끝날 때까지 꼬마를 데리고 있겠다 말하고 우리 교실로 돌아왔다.

집을 떠나봐야 집이 좋은 줄 알지. 교실로 돌아온 나는 약간 까칠하게 대하기로 했다. 아이가 화장실이 어디냐고 물었다. 나는 시선을 주지 않고 턱으로 화장실 쪽을 알려주었다. 뽀르르 화장실을 다녀온 녀석이, 마치 자기 교실 제 자리인 것처럼 그녀를 타듯이 의자에 앉아 흔들흔들하며 놀았다. 그러다가 또 책꽂이에서 4학년 교과서를 꺼내더니 읽기 시작했다. 1학년이 4학년 책을 또록또록 잘 읽어 내심 놀랐지만, 나는 바쁜 척하였다. 혼자 있어야 친구 소중함을 안다.

아이의 책 읽는 소리가 점점 커졌다. 그래도 내가 반응이 없자, 이번에는 아까 울음을 달래려고 준 우유를 제 머리 위에 올렸다 내렸다 하며 시선을 끌려고 하였다. 나는 꾹 참고 이따금 곁눈질만 하였다. 한참 뒤, 내가 펜을 놓고 허리를 펴자 아이가 기다렸다는 듯 말을 붙였다.
"여기 있는 사람들 다 어디 갔어요?"
"음악실에 노래 부르러 갔다."
"아, 노래!"

꼬마가 갑자기 생각난 듯 동요를 불렀다.
"둥근 해가 떴습니다. 자리에서 일어나서 ♩♬~"
나는 뜻밖의 재롱에 깜짝 놀랐다. 노래를 부르는 아이 얼굴을 가만히 보니 아까 흘린 눈물이 말라붙어 있었다. 혼자 부르는 노래가 찡하게 들렸다. 그래서 "학교에 갑니다. 씩씩하게 갑니다♩"라는 부분이 끝날 때, 참 잘했다고 칭찬해 주었다.

마침내, 수업을 마치는 종이 울리고 우리 반 짱구들이 우르르 교실로 들어왔다.

"선생님, 애 누구예요?"

"내 아들!"

낯선 꼬마 손님의 정체를 두고 형님 누나들 의견이 분분하였다. 그때 우리 교실 문 앞에 낯선 꼬마들이 우르르 등장했다. 1학년 3반 꼬마들이다. 아이들은 교실 문밖에 서서 내 품에 있는 친구를 향해 손짓하였다.

"닭고기야, 빨리 가자. 선생님이 얼른 오시래!"

내 곁에 있던 아이는 맹꽁이처럼 튀어 올라 친구들 속으로 들어갔다. 별명마저 생소한 '닭고기'라고 불리는 그 아이는 그렇게 불현듯 나타났다가 순식간에 사라졌다.

선생님, 칠판도 우습게 생겼어요

- 웃음은 눈물이 보내는 해맑은 얼굴입니다

옥동자를 빼다 박은 우리 반 변 모 군이 울고 있다. 혀를 내두를 정도로 못 말리는 개구쟁이지만, 큰 덩치답게 의젓한 면도 있어서 한 번도 운 적이 없는 녀석이다. 그런 변 군이 아예 책상에 얼굴을 묻고 엉엉 울고 있다.

내가 묻기도 전에 참견하기 좋아하는 아이들이 상황을 설명해준다. 발단은 애초에 장난을 좋아하는 변 군 탓이었다. 괜히 장난기가 발동한 변 군이 자기 방귀를 손아귀로 잡아 키 작은 아이1 코에 갖다 댔고 불의의 습격을 당한 아이1은 옆에 있던 키 작은 아이2에게 "변 군 똥 쌌다"라고 하며 보복성 유언비어를 유포했다. 아이2 역시 제 키와 비슷한 아이3에게 헛소문을 퍼뜨렸다. 그리고 키 작은 아이 1, 2, 3이 합세하여 키 큰 변 군을 향해 "정말 똥 싼 것이 아니냐?"라고 놀렸다고 한다.

변 군은 자신이 저지른 장난으로 꼼짝없이 보복당한 것이다. 엉덩이를 까서 보여주지 않는 한 증명할 수 없는 상황. 그러나 차마 보여줄 수 없는 딜레마에 빠진 변 군이 펑펑 쏟아지는 눈물로써 결백을 주장하고 있었다.

도토리만큼 엇비슷한 키 작은 아이 셋을 불러냈다. 비겁하게 세 명이 한 명을 몰아붙이는 왕따 수준의 죄임을 알려준다. 그리고 변 모 군을 포함한 네 명에게 각자 무엇을 잘못했는지 생각해 보라고 교실 앞쪽에 세워두었다. 아이들이 반성 시간을 갖는 동안, 나는 의자에 털썩 앉아 교탁에 쌓인 공책에 도장을 쾅쾅 찍고 있었다.

그런데 킥킥 웃는 소리가 들렸다. 고개를 들어 쳐다보니 3분단 김모 양 일당들이었다. 친구들이 벌 받고 있는데 웃고 있다니 이건 또 무슨 경우인가? 지시봉으로 교탁을 내리치고 촉새 일당을 불러냈다. 왜 웃느냐고 물었더니 "왠지 그냥 앞에 서 있는 친구들이 웃기게 보여서" 그랬다고 대답한다.

웃음보가 터질락 말락 하던 촉새 세 명은 꿀밤 하나씩 먹고 제 자리로 들어가면서도 쿡쿡거린다. 나 원 참, 기가 막히지만 다시 불러내어 야단칠 힘도 없다. 에휴, 한숨을 쉬고 벌 받는 아이들을 물끄러미 바라보았다. 도토리 세 개를 딱 맞춰서 세워놓은 것처럼 키가 똑같은 아이 셋, 그 사이에 타조 목처럼 뻘쭘하게 솟은 한 아이의 모습이 우습기는 우스워 보였다.

교실 여기저기 웃음이 터졌다. 벌을 받고 있던 녀석들도 서로를 쳐다보며 배시시 웃었다. 나는 도토리들과 타조 편을 들어주었다.
"애들아, 너희들 보고 킥킥거리는 저 녀석들이 더 웃기게 보이지 않냐?"
아이들 넷이 헤벌쭉 웃으며 동시에 고개를 끄덕였다. 그러자 다소 풀어진 분위기를 틈타 누군가 재빨리 한마디 거든다.

"그러고 보니 선생님도 웃기게 보여요."

"뭐시라? 어쭈구리!"

"선생님, 칠판도 우습게 생겼어요. 한번 보세요."

"야, 창문도 엄청 웃기다."

마침내 아이들은 서로의 얼굴을 가리키며 자지러질 듯 깔깔거린다. 눈에 띄는 모든 사물이 우스워 죽을 지경이다. 도토리들과 타조와 촉새들이 허리를 잡고 웃는다. 너무 우스워 눈물이 나는지 눈가를 훔치며 깔깔대는 아이도 보인다.

울다가 웃으면 엉덩이에 뭐가 난다고 놀리지 말아야겠다. 어떤 때, 아이들의 울음은 비폭력이요 화해다. 웃음은 눈물이 보내는 해맑은 얼굴이다. 그해 유달리 팍팍한 날을 살아가던 나는 울다가도 웃는 법을 아이들에게 배웠다.

우리들의 수학 시간
- 돌발상황에 드러난 교사 심리에 대한 탐구

수학 시간이 되었다. 숫자가 가득한 학습지 한 장씩 나누어 주었다. 뒤쪽에 있는 수학 비호감파들은 벌써 초점 없는 눈으로 허공을 바라보았다. 눈동자는 천정을 맴돌지만, 마음은 나를 향해 속삭인다. '선생님 저 수학 안 좋아하는 거 아시죠?' 그러거나 말거나 나는 또 수학의 기본만을 지켜달라 부탁한다.

"빵점 맞아도 좋다! 제발 글씨 좀 반듯하게 써다오."

국어는 맞춤법을 틀려도 앞뒤 맥락만 맞으면 넘어갈 수 있지만, 수학은 아니다. 숫자 하나 잘못 쓰면 바로 땡이라고 입이 닳도록 이야기했다. 하지만 여전히 천하태평이요 쇠귀에 경 읽기다. 숫자 0을 6자처럼 쓰고 6자를 8자 모양으로 쓴 탓에, 시험지에 빨간 소나기가 사선으로 쏟아진다. 70점 먹을 녀석이 30점이라니!

특히 천방지축 열세 살 남자아이들은 자신도 알아보지 못하는 필체를 괴발개발 써 놓고 턱짐을 쥐고 있다. 모르는 척 다가가 시험지를 훑어보니 한숨이 절로 나온다. 곱하기 기호를 더하기처럼 써 놓아 어디가 틀렸는지도 모른다. 녀석 뒤에 서서 나지막하게 속삭였다.

"수학 계산식은 깔끔하게 쓰라 하지 않았느냐? 훈아."

"그게 잘 안 되는데요. 선생님."

끄응… 게으름과 무성의함을 감추고 슬쩍 닭발을 내민다. 그래 한번 해 보자. 나는 설익은 열세 살 사춘기의 예민한 부분을 툭 건드린다.

"이놈아, 너 여학생한테 편지 보낼 때도 이런 글씨로 보내냐?"

하지만 상대는 게으를 뿐만 아니라 넉살까지 좋다. 녀석은 이마에 난 여드름을 손가락으로 뜯으며 말했다.

"예! 걔가 평소 하던 대로 하는 것이 좋다고 하던데요."

이번에는 아예 두툼한 오리발이다. 나는 개의치 않고 목소리를 가다 듬었다.

"아이야, 글씨는 마음의 옷과 같은 것이란다. 이렇게 무성의하게 쓴 글 씨로 여학생에게 편지 보내는 일은, 청결치 못한 팬티 차림으로 대로를 활 보하는 모습과 다름없단다."

막상 말하고 나니 별로 적절하지 않은 비유인 것 같았다. 하지만 웬걸! 여드름 사춘기가 헤벌쭉 웃었다. 그리고 엉망진창으로 써놓은 수학 계산 식을 지우개로 삭삭 지우고 다시 쓰기 시작했다. 이 녀석이 그새 철들었 나? 나는 한껏 고무되어 돌아섰다. 그런데 뒤에서 갑자기 딴 녀석이 킥킥 웃었다. 나는 돌아서서 재빨리 꿀밤 하나를 날려 응징했다.

"뭐가 우습냐?"

녀석은 한 손으로 제 머리통을 움켜쥐고 다른 손으로 옆에 앉은 녀석을 가리키며 고자질한다.

"그게 아니고 예. 이 자석이 갑자기 내 팬티가 핫팬티라 한다 아닙니꺼."

녀석들은 불경스럽게 '청결치 못한 팬티 차림으로 대로를 활보'한다는 비유 중에서 오로지 팬티라는 용어에만 집중한 것이다. 고자질을 당한 녀석이 화들짝 놀라 눈이 휘둥그레지더니 옆에 있는 또 다른 녀석을 걸고넘어진다.

"야는 망사 팬티라 했어요!"

얼씨구, 절씨구 자알 논다. 녀석들에게 좋은 말로 타이르기에는 이미 선을 넘었다. 말없이 두 녀석의 볼을 당겼다. 모르긴 몰라도 길쭉하게 잘 늘어지는 탄성이 망사로 만든 그것 버금간다. 그러고 보니 그 옆에 고개를 푹 숙인 채 웃음을 참고 있는 녀석도 수상했다. 녀석을 마저 다그치니 자백한다.

"나는 그냥 야광 팬티라 그랬는데요?"

이쯤 되면 끊어야 한다. 그냥 두었다가는 천지도 모르고 나아갈 철없는 중생들이다. 어느새 훈계는 물 건너갔고 더 주저리주저리 입바른 소리도 따분할 터이다. 다음번 수학 시간에 더 적절하고 감동적인 비유를 들어 깔끔하고 단정한 수학 문제 풀이의 중요성을 설교해야겠다.

"수학 공책 내일 검사할 거다! 또박또박 제대로 써!"

그런데, 막상 그렇게 상황을 마무리하고 칠판 쪽으로 돌아서는 내 머릿속에 아이들이 금방 나열한 형색 색색 속옷들이 떠올랐다. 왜 뜬금없이 그것들이 떠올랐을까. 아이들이 집으로 돌아간 뒤 그 짧은 순간 동안 내 심리상태를 정리해 보았다.

1. 동상이몽

아이들은 딴에는 여기저기 주워들은 여러 가지 속옷들을 그저 재미있고 개그처럼 발랄하게 열거했을 뿐인데, 내가 필요 이상으로 경계하지 않았나 하는 엄숙주의 또는 고지식함.

2. 동병상련

그러니까 말 잇기 놀이처럼 나도 '코끼리 팬티!' 하고 함께 장난치고 싶은 마음이 숨어있었던 것 같음. 우습고 재밌는 그 얘깃거리를 놓치지 않고 같이 깔깔대며 웃고 싶었던 호방한 마음. 하지만 결코 터놓고 즐거워할 수 없는 어색함.

3. 천만다행

핫 팬티, 망사 팬티, 야광 팬티에 머무른 아이들의 장난에 그나마 안심함. 외설적인 광고와 음란성 예술이 뒤엉켜 혼란스러운 사이버 세태에 아이들의 철없는 호기심에 불을 댕겨, 미처 내가 답변하지 못할 난처한 질문으로 이어질까 봐 얼마나 조바심했는지 모름.

누가 짱인가?

- 조폭 선생, 학교짱, 그리고 착한 아이

새 학년이 되었다. 첫날 교실에 들어가 보니 아는 얼굴이 몇몇 보였다. 나는 단박에 녀석들을 알아보았다. 지난해 학교폭력 사안 처리 때, 가해 학생으로 대면한 5학년 아이들이었다. 녀석들도 꽤 놀란 표정이었다. 작년에 자신들을 오라 가라 하며 힘들게 하던 학폭담당 선생님이, 올해 6학년 담임을 맡아 저희를 맞이할 줄이야! 나도 속으로 말했다.

'그건 나도 마찬가지다. 이놈들아!'

1년만 하면 원형 탈모가 생긴다는 기피 업무과 기피 학년을, 독박으로 덤터기 쓴 것은 내 알량한 자존감 때문이다. 어느 날, 학습권 침해 문제로 학교장 코털을 건드렸다. 올해 그는 괘씸죄를 적용하여 나를 6학년에 그대로 눌러 앉혔다. 절이 싫으면 중이 떠나듯 내가 훌훌 털고 전근 가야 하는데 그러지 않았다. 나는 억지로 떠밀리지 않으려는 당나귀처럼 버텼다.

아이들은 저희끼리 나를 '조폭 선생님'이라고 불렀다. 매일 학교폭력 사안 처리로 잔뜩 인상을 쓰고, 가해자 피해자들을 불러 댔으니 조폭과 한통속으로 보인 모양이다. 하지만 올해에는 만만치 않을 것 같았다. 오뉴월 하루 땡볕이 무섭더니, 말썽꾸러기들이 작년과 사뭇 달랐다. 한 녀석은 벌써 여드름이 나고 조숙한 중학생처럼 어깨가 딱 벌어졌다.

아이들과 상면하던 첫날, 나는 단단히 못을 박았다.

"숙제를 안 해도, 일기를 안 써도 용서해 줄 수 있다. 그러나 남을 괴롭히는 일, 특히 학교폭력은 용서하지 않는다. 명심해라."

그런데 내 말이 끝나기 바쁘게 아이가 손을 번쩍 들었다.

"그런데 선생님은 아이들 안 때린다면서요?"

"누가 그러더냐?"

"작년 6학년 형들이요."

그렇다. 더 이상 채찍의 시대가 아니다. 나는 눈빛과 당근과 심심풀이 땅콩으로 아이들을 지도했다.

작년에는 그게 통했다. 그러나 올해는 만만하지 않았다. 녀석들은 일주일도 지나지 않아, 여드름쟁이를 중심으로 무리를 만들었다. 말썽꾸러기들은 경계선을 넘나들며 내 간을 보았다. 1년이 평화롭기 위해서는 학년 초부터 기 싸움에 밀리지 않아야 한다. 나는 규칙과 잣대로 째깍째깍 제동을 걸었다.

녀석들은 저희끼리 하는 가벼운 장난인데, 선생님이 너무 민감하다고 반발했다. 나는 너희들이 둔감한 것이라며 고삐를 늦추지 않았다. 섣불리 당근도 제공하지 않았다. 하지만 속으로는 적잖이 힘들었다. 어떤 날은 꿈속에서 거친 말로 호통을 치다가 잠을 깼다.

팽팽한 줄다리기가 계속되었다. 악동 무리가 선을 넘어서면 반드시 책임을 물었다. 귀에 딱지가 생기도록 훈화를 하고, 맞춤법이 단 한 자도 틀리지 않게 반성문 쓰게 했다. 그리고 오후에 교실에 남겨 상담하고, 마지막에 진심을 담아 빡빡하게 쓴 사과 편지를 쓰게 했다.

우리 반에 있는 학교짱은 작은 일탈에도 그 대가를 철저히 치러야 하는 길고 긴 회복 과정에 혀를 내둘렀다. 나중에는 차라리 사나이답게 손바닥을 맞겠다고 체벌을 원했다. 나는 또 못 이기는 척 당긴 줄을 늦추고 당근을 주었다. 그리고 가끔 심심풀이 땅콩을 선사하여 인간적인 교감을 느끼게 했다. 사나이끼리.

어느 날, 쉬는 시간에 화장실에 갔더니, 우리 반 아이가 고무장갑을 들고 서 있었다. 그때는 청소 시간도 아니고, 더구나 그 아이가 화장실 청소 당번도 아니었다. 의아해서 곁눈질로 살폈다. 아이는 빨간 고무장갑을 팔꿈치까지 끌어 올리느라 낑낑댔다.

"지금 뭐 하냐?"

"저거 좀 치우려고요."

정열이는 겸연쩍은 듯 소변기를 가리켰다. 그 안에는 누군가 둘둘 말아 던져놓은 화장지가 배수구를 막고 있었다. 선생님들조차 그냥 보고 지나친 그 지저분한 것을, 굳이 자기가 치우겠다고 교실에 있는 고무장갑까지 챙겨 온 것이다. 내 심장에서 '쿵!' 하는 소리가 들렸다.

"이런 건 선생님이 더 잘하지. 너는 물통에 물을 받아 오너라."

정열이와 나는 졸지에 화장실 청소를 하였다.

다음 날, 아침 학급 조회 시간에 어제 정열이가 한 일을 아이들한테 말해주었다. 몇몇 녀석들이 과장되게 목을 잡고 토하는 시늉을 하였다.

"웃지 마라. 화장실에 핀 연꽃 같은 이야기다."

나는 아이들한테 좀 더 진지하게 생각해 달라고 했다. 아이들도 뭔가를 느꼈는지 고개를 끄덕였다.

"박수는 이럴 때 치는 거다!"

아이들이 아낌없는 물개 박수를 보냈다. 우리의 주인공 정열 군은 쑥스러운 듯 고개를 숙이고 있었다. 그때 아이 한 명이 손을 번쩍 들고 말했다.

"선생님, 정열이 진짜 대단해요!"

아이는 내가 몰랐던 이야기를 들려주었다.

수학 여행 갔을 때였다. 남자아이들이 첫날밤에 숙소에서 불을 끄고 베개 싸움을 벌였다. 그런데 베개를 휘두르며 신나게 놀던 순간, 갑자기 '쨍그랑!'하고 유리 깨지는 소리가 났다. 얼른 전등을 켜니, 탁자 위에 있던 유리 물병이 바닥에 떨어져 박살이 나 있었다.

모든 동작은 일시에 정지하고 아이들은 서로를 탓하며 말싸움을 벌였다. 즐겁던 분위기는 사라지고 금방이라도 맞짱 뜰 것처럼 서로 으르렁거렸다. 흥분한 아이와 말리는 아이와 고함을 지르는 아이 등 방은 혼란스러운 상황이 되었다.

그때 정열이가 조용히 나타났다. 우리들의 정열이는 오른손에 빗자루를 왼손에 쓰레받기를 들고, 방 가장자리부터 쓸기 시작했다. 고함을 지르던 아이 옆으로 정열이가 비질하며 다가가자, 아이가 한쪽으로 비켜섰다. 목소리를 높이고 삿대질하던 아이 발밑으로 정열이 빗자루가 다가가자, 흥분한 아이도 입을 닫고 뒤로 물러났다.

아이는 아무 말 없이 평온한 얼굴로 바닥에 흩어진 파편을 쓸었다. 마침내 그 모습을 지켜보던 아이들도 함께 청소를 시작했다.
"그날 진짜 대박이었어요!"
그날 방에서 같이 놀았던 학교짱이 엄지를 치켜세우며 말했다.

정열이는 키가 작고, 공부도 잘 하지 않고, 말수가 적은 평범한 아이였다. 있는 듯 없는 듯한 수줍은 정열이는 우리 반에 여기저기에 평화의 씨앗을 심었다. 우리 반 말썽꾸러기 그 누구도 정열이를 함부로 대하지 않았다.

조폭 선생, 학교짱 그리고 착한 아이. 이들 중에서 누가 짱인가? 세상은 결국 착한 사람을 중심으로 돌아간다. 찰리 채플린, 루소, 도산 안창호, 무하마드 알리 등등. 앞서간 수많은 대가들이 어떻게 살았는지 보라.

우리는 그들이 남긴 선한 영향력으로 산다. 교실에서도 마찬가지다. 누가 뭐래도 착한 아이가 짱이다.

옷핀 다섯 개

- "개구쟁이라도 좋다, 건강하게만 자라다오"

점심시간이 지나고 5교시 수업을 시작했다. 그런데 우리 반 아이 네 명이 오지 않았다. 어린 양들의 행방을 두고 한참 설왕설래하는데, 교실 문이 활짝 열리면서 아이들이 들어섰다. 헉헉대는 녀석들을 일렬로 세워놓고 보니 꼴이 말이 아니시다. 완전 물에 빠진 생쥐다.

때는 바야흐로 한여름, 녀석들은 수돗가에서 물장난하는 재미에 흠뻑 빠졌다. 하긴 물장난만큼 재미있는 장난도 드물긴 하다. 소싯적 나도 동생들과 마루 끝에 앉아 장대같이 쏟아지는 소나기를 바라보다가, 처마 밑에서 떨어지는 빗줄기를 손바닥으로 받다가, 급기야 옷을 홀라당 벗어 던지고 온몸으로 비를 맞던 기억이 생생하다.

하지만 나는 미리 경고했다. 학교에서 물장난은 안 된다. 왜? 첫째, 다친다. 신나게 뿌려대는 물에 골마루가 젖어 누군가 미끄러져 다칠 수도 있다. 둘째, 너희들은 6학년이다. 철없는 동생들이 따라 한다. 최고 학년답게 놀자. 그런데 너희들은 오늘 그것으로도 모자라 수업 시간마저 늦었다.

"선생님, 저는 억울해요!"

맨 끝에 서 있던 주현이가 제법 용감하게 항의했다.

"왜?"

"저는요, 민종이 바지가 찢어져서 아이들이 못 보게 가려 주다가 늦었어요."

그러고 보니 민종이가 보이지 않는다.

"민종이는 지금 어디 있는데?"

"화장실에요."

대체 얼마나 찢어졌길래? 나는 물에 빠진 생쥐들을 그대로 세워 둔 채 화장실로 갔다. 텅 빈 화장실에 엉거주춤 길 잃은 양, 한 마리가 있었다. 녀석은 두 손으로 찢어진 바지를 가리고 난감한 표정으로 서 있었다. 역시 물장난이 원인이었다. 온통 물에 젖은 채 가랑이가 찢어지도록 잡으러 가고, 가랑이가 찢어지도록 도망을 쳤으니 물 먹은 바지가 견딜 재간이 있나. 내 생전 그렇게 적나라하게 밑이 터진 바지는 처음 보았다. 너덜너덜 찢어진 바지 사이로 줄무늬 속곳이 다 보였다.

"꼼짝 말고 여기 있어라."

나는 교실로 돌아와서 벌서는 녀석들을 땅콩 하나씩 날려 자리로 들여보내고, 교사용 책상 서랍을 뒤져서, 옷핀을 찾아 화장실로 갔다. 꿩 대신 닭이요, 바느질 대신 옷핀이다. 먼 옛날, 고등학생이던 내가 자취할 때 솜씨를 이럴 때 써먹다니 놀라운 일이었다.

"선생님은 밖에서 기다릴 테니, 너는 화장실 안에 들어가서 바지를 벗어다오."

아이는 고분고분 지시에 따랐다. 잠시 후 화장실 문이 빼꼼 열리고 밑터진 바지가 슬그머니 나왔다. 나는 바지를 뒤집어 옷핀으로 봉합하기 시작했다. 그런데 그사이를 못 참고 우리 교실에서 왁자지껄 아이들 떠드는 소리가 들려왔다. 나는 꿰매던 바지를 화장실 창문에 걸쳐 놓고 교실로 갔다. 이 상황에 떠들어대는 눈치 없는 녀석들을 나무라고 땅콩 두 개씩 주고 수학 자습을 내주고, 다시 화장실로 갔다.

마침내 옷핀으로 얼기설기 기운 바지를 화장실 칸 안으로 들여보냈다. 속곳 차림으로 쓸쓸히 서 있던 민종이가 해방된 표정이 되어 나왔다. 앞태 뒤태를 살펴보니 전혀 표가 나지 않았다. 나는 으쓱해져서 '아가야, 이런 솜씨를 두고 옛사람은 천의무봉이라고 했단다'라는 말을 하고 싶었지만 내 자랑 같아서 참았다.

우리가 교실로 들어가자, 목하 자습 중이던 눈빛들이 모두 민종이 바지에서 반짝거렸다. 아는 척 모르는 척 수업은 시작되었고, 우리 반은 평정을 찾는 듯했다. 그런데 수업 중에 민종이가 자꾸 손으로 제 눈을 가렸다. 분위기가 심상치 않았다. 아니나 다를까 아이의 작은 어깨가 들썩이기 시작했다.

아이들 눈이 또 그쪽으로 쏠렸다. 할 수 없이 책을 놓고 자존감에 상처를 입은 아이 곁으로 갔다.
"왜 그래, 친구들이 너보고 아무 말도 안 했잖아. 괜찮아. 괜찮다니까"

내가 그렇게 달랬지만 아이의 어깨는 더 요동쳤다. 너무 창피해서 제 풀에 견딜 수가 없었던 모양이었다. 나도 달래 줄 수 있는 묘안이 떠오르지 않아 그냥 괜찮다는 말을 반복하며 어깨를 토닥거려 주기만 했다. 난 감했다.

그때 교실 뒤쪽에서 우리 반 반장 정주의 목소리가 들렸다.
"괜.찮.아! 괜.찮.아!"
그 소리에 따라 아이들 목소리가 일정한 박자로 하나둘씩 합쳐졌다.
"괜.찮.아! 괜.찮.아!"
"괜.찮.아! 괜.찮.아!"
"괜.찮.아! 괜.찮.아!"

결승 경기에서 석패한 국가대표 선수를 향해, 고국에 계신 동포들이 한목소리로 위로하는 응원과 비슷했다. 나도 느꺼워져 민종이 어깨를 안았다.
"봐라. 친구들 모두 괜찮다고 하지 않니. 그러니까 울지마."
그랬더니 또 우리 반 아이들이 내 말을 한목소리로 받았다.
"울.지.마! 울.지.마!"
"울.지.마! 울.지.마!"
"울.지.마! 울.지.마!"

연말 가요대상을 트로피를 안은 가수가, 힘들었던 시절이 떠올라 눈물을 쏟을 때, 팬들이 외치는 "울.지.마! 울.지.마!"와 흡사했다. 나는 좀 우스 웠지만 웃지 않았다. 하지만 그게 효력이 있었는지 민종이는 울음을 그쳤고, 쉬는 시간이 되자 다소곳하게 앉아 방긋방긋 웃기까지 하였다. 다사다난한 하루는 그렇게 지나갔다.

다음 날, 쉬는 시간에 교사 휴게실에 갔을 때다. 휴게실 안쪽에 아이 한 명이 겸연쩍은 표정으로 서 있었다. 척 보니 장난치다가 선생님에게 걸려 벌서는 중일 거다 싶었다.

"이놈 또 말썽 피웠구나."

그랬더니 옆에 있던 선생님이 빙그레 웃으며 말했다.

"그게 아니고요. 바지가 찢어져서 담임선생님이 갈아입을 옷 구하러 가셨답니다."

또 바지냐? 전생에 죄를 많이 지으면, 열세 살짜리 남자아이의 바지로 태어나지 않을까 싶다. 나는 어제 유용하게 활용한 옷핀 다섯 개가 떠올라, 재빨리 교실로 돌아와 민종이를 찾았다. 민종이는 오늘도 책상 사이를 줄달음치며 신나게 놀고 있었다.

"어이, 김민종! 옷핀!"

"예?"

"어제 옷 꿰매 준 옷핀 말이다. 다섯 개!"

"어! 그거 여기 있는데요"

녀석은 그렇게 말하며 제 바지를 가리켰다. 아뿔싸! 어제 그 바지였다. 옷핀으로 꿰매어준 그 바지. 혹시 핀이 풀려 다칠까 싶어 간이 조마조마 하던 그 바지. 아니 대체 왜 안 갈아입고 그냥 왔냐고 물었더니 대답 또 한 시원했다.

"깜빡했어요."

그날 나는 이 용감무쌍하기 짝이 없는 아이의 뒤꽁무니를 바라보며 얼마나 가슴 졸였는지 모른다. 그러면서 한편으로는 이런 생각도 들었다. 그래 그렇게 사는 거다. 유쾌하지 않은 기억은 바로 어제 일이라도 까맣게 잊고 사는 거다. 바지가 터져도 괜찮고 좀 울어도 괜찮다. 부디 무럭무럭 건강하게만 자라다오.

언제 다시 만날 수 있을까

- 장대비 오던 날에 그들만의 축구 시합

우리 학교 옆에 작은 학교가 있다. 주로 청각 장애가 있는 학생이 다니는 특수학교다. 그 학교는 초등학생과 중고등학생이 함께 공부하기에 교명 뒤에 초등학교 중학교 등을 안 붙이고 그냥 무슨 무슨 학교라고 한다.

5월에 그 학교에서 통합수업 의뢰가 왔다. 장애 아동과 비장애 아동이 함께 공부하면서 서로를 이해하는 교육과정이었다. 다른 반 선생님들이 망설이는 틈을 타서 내가 얼른 자원하였다. 일단 지명권을 확보해놓고 교실로 와서 아이들에게 동의를 구했다.

나는 새로운 친구를 만나는 일이 얼마나 가슴 설레는 인지 광고하고 토론을 붙였다. 아니나 다를까 몇몇 아이들이 장애인에 대한 '카더라'식 편견으로 거부반응을 보였다. 하지만 그 솔직한 표현이 토론 분위기를 더욱 활기차게 했다. 이야기가 깊어질수록 자신이 가진 고정관념을 되짚어 보는 발언이 자주 나왔고 결국 통합수업을 하자는 쪽으로 합의를 이루었다. 결과에 상기된 나는 이번 수업을 잘 마치면 아이스크림 하나씩 돌리겠다고 말했다.

아이들이 그렇게 흔쾌히 찬성했으나 남은 문제는 나였다. 나는 청각 장애 아동과 함께 수업해 본 경험도 없을뿐더러 그동안 변변한 특수교육과 관련한 연수를 받은 적도 없었다. 더욱이 간단한 수화조차 몰랐다. 자칫 의욕만 앞서서 망신살 뻗치는 것이 아닐까 은근히 걱정되었다. 하지만 웬일인지 근거 없는 자신감이 더 컸다. 내 비록 '바담 풍 선생'이나 영특한 '바람 풍 제자들'을 두었으니까!

드디어 약속된 날, 우리 반은 긴장하고 있었다. 주인인 우리가 그러한데 자기 학교보다 열 배가 많은 학생들이 북적대는 곳을 방문하는 손님은 얼마나 떨릴까. 정확하게 오전 열 시, 그 학교 6학년 여섯 명이 우리 교실에 들어왔다. 하나같이 자연스럽게 활짝 웃는 표정이었다. 해맑고 순수한 그 모습이 오히려 긴장하는 우리들 마음을 풀어주었다. 마치 며칠간 교외체험학습을 하고 교실로 돌아오는 친구들 같았다.

나는 학생들을 인솔하고 오신 선생님과 인사를 나누었다. 그리고 우리 아이들이 틈틈이 수화를 익혔다고 자랑했다. 인솔 선생님은 자기 반 아이들이 수화로 각자 이름을 말하면 우리 반 아이들이 이름을 맞춰 보자는 기발한 친교 활동을 제안하였다. 그들 중에서 키가 제일 크고 줄곧 싱글벙글 눈웃음 짓는 남학생이 맨 처음 수화를 시작했다.

아이들은 눈을 부릅뜨고 손동작에 집중하였다. 그런데 너무 빨라 아무도 해독하지 못했다. 우리 반 아이들이 좀 더 천천히 해 달라고 하자 키 큰 친구는 싱긋 웃으며 아주 느린 수화를 해 보였다. 그러면 그렇지. 여기저기서 정답을 외치며 손이 올라왔다. 기특한 우리 아이들은 낯선 친구들 이름을 또박또박 맞혔다. 연신 터지는 '딩동댕!' 소리에 문제를 내는 아이와 맞추는 아이 모두 신이 났다.

자기소개를 끝내고 한 모둠에 한 사람씩 합석하여 수업을 시작하였다. 수업 내용은 '고무찰흙으로 생활 표현하기'였다. 차분하게 미소를 띠며 섬세하게 모양을 다듬는 여학생들과 이것저것 대충 찍어 바르고 킥킥거리며 장난하는 남학생들이 만발한 꽃처럼 어우러졌다. 쉬는 시간이 되자 아이들은 이미 오랜 친구처럼 삼삼오오 모여 수화와 필담을 주고받았다.

그 친구들이 준비한 수화노래 〈당신은 사랑받기 위해 태어난 사람〉을 따라 배우며 예정된 수업을 마쳤다. 남학생들은 헤어지는 순간까지 장난으로 친근함을 표시했고, 여학생들은 못내 아쉬운 듯 창밖으로 손을 내밀어 흔들었다. 정 많은 아이 몇몇은 학교 담장까지 따라가 배웅하고 돌아왔다. 그 친구들이 떠난 뒤 아이들은 약속이나 한 듯 큰 소리로 말했다.
"선생님 다음에 또 통합 수업해요!"

한동안 우리 반 학급 홈페이지에는 그 학교 친구들 이야기가 끊이지 않았다. 나중에는 이메일로 친해지고 급기야 자기 집으로 초대하여 함께 놀았다는 자랑까지 들려 왔다. 하지만 나는 두 번 곤혹스러웠다. 얼마 지나지 않아 그 학교에서 우리 반 아이들 6명을 초청하겠다고 연락이 왔는데, 우리 반 36명 모두 자신이 가야 한다고 하는 바람에 한참을 고심했다. 결국, 나름대로 공정한 기준을 정해 몇 명을 보냈더니 함께 가지 못한 나머지 30명의 원성이 자자했다. 어떤 여자아이는 눈물까지 글썽거렸다.

남학생들도 불만을 토로했다. 원래 통합 수업하던 날 체육을 하기로 했는데, 시간이 늦어져서 실시하지 못했다. 나는 다음에 한 번 더 기회를 만들어 보겠노라고 다독거렸는데, 아이들은 그 말을 철석같이 믿었다. 하지만 학교 일정이 빡빡해서 어물쩍 지나가고 말았다. 졸업을 앞두고 가진 반성회 날, 아이들은 그 일이 많이 섭섭하다고 했다. 아무튼, 다사다난한 그해가 지나고 이듬해 우리 반 아이들은 모두 중학교에 진학했다.

그 후 여드름이 송송 나서 제법 청소년티가 완연해진 우리 반 아이들이 가끔 교실을 찾아와 만났다. 하지만 지난해 인연을 맺은 그 학교 아이들은 바로 옆에 있는데도 볼 기회가 없었다. 그러던 어느 날, 장대비가 쏟아지던 늦은 오후였다. 나는 교실 창가에서 굵은 비가 수직으로 쏟아지는 운동장을 바라보고 있었다. 그런데 운동장 한쪽에 쏟아지는 비를 아랑곳하지 않고 축구를 하는 남학생들이 눈에 들어왔다.

가만 보니 팀 구성이 이상했다. 양 팀을 전부 합해도 열댓 명이 될까 말까 했는데, 키 작은 초등학생부터 청년만 한 고등학생까지 섞여 있었다. 아! 그 학교에서 온 아이들이었다. 나는 그 속에서 작년에 우리 교실에 온 아이, 싱글벙글 웃으며 제일 처음으로 제 이름을 수화를 해 보이던 그 남학생을 발견하였다. 어느덧 청소년이 된 그 아이는 아예 윗옷을 벗어 던지고 신나게 뛰어다녔다. 멀리서 보아도 여전히 밝고 건강해 보여 무척 반가웠다.

그들만의 축구 경기는 왁자지껄하지 않았다. 가끔 짧은 외마디 음성만 들릴 뿐 어떤 말소리도 환호성도 없었다. 그 아이는 자기보다 훨씬 덩치가 큰 형들 틈바구니에서 자꾸 부딪치고 넘어졌다. 안쓰러웠다. 시원한 장대비 속을 함께 달리고 뒹굴 또래 친구들은 어디 있을까. 넘어진 친구를 손잡아 일으켜주며 우정을 나눌 비장애 친구들을 언제 다시 만날 수 있을까. 무성영화 같은 빗속 축구 장면이 좌우 균형을 잃고 흔들렸다. 나는 유리창 커튼을 내리고 자리로 돌아왔다.

4장

엄마

밴댕이 선생

- 부디 오셔서 우리 이야기를 들어주시기를 바랍니다

우리 반에서 둘째가라면 서러운 개구쟁이가 있다. 지난 스승의 날, 그 아이 엄마가 전화를 주었다. 철없는 아들을 학교에 보내고 한 번도 찾아보지 못해 미안하다 하셨다. 그런데 안부를 주고받는 몇 마디 말에도 힘들어했다. 아주 많이 앓고 계시고 있음을 그날 처음 알았다. 아픈 엄마는 철부지 아들 생각에 목이 멘 듯 겨우 말을 이었다.

그날 숙제를 안 해온 아이들을 교탁 앞으로 불러내었다. 아이들 속에 아픈 엄마의 아들 개구쟁이도 있다. 나는 잠시 그 아이 엄마 목소리를 떠올리지만, 눈을 부릅뜨고 나무랐다. 꼬마는 풀이 죽어 고개를 숙였다. 하지만 그것도 잠시 제 자리로 들어가면서 까불까불 춤을 춘다. 세상모르는 그 마음이 다행스럽기도 하지만 마음 한편이 아렸다.

개구쟁이는 아픈 엄마와 벌써 오래전부터 떨어져 살고 있었다. 아이는 언뜻언뜻 북받쳐 오르는 울음을 꾸역꾸역 참고 있는 듯하다. 어린 마음에 얹힌 돌 한 덩이 하나는 스스로 어찌할 수 없고, 그 누구도 들어내어 줄 수 없는 것이라서 차라리 한쪽 눈을 감고 지내는 듯 보였다. 그래서 학교에 오면 하나도 슬프지 않은 것처럼, 슬픔이 없었던 시절처럼 마냥 웃고 떠들고 장난치며 지내나 보다.

이번에는 짝꿍끼리 잘 놀다가 한바탕 싸움이 붙었다. 하마터면 크게 다칠 뻔했다. 둘 다 똑같은 잘못을 저질렀다. 씩씩거리는 녀석 둘 중 하나가 또 그 개구쟁이다. 나는 한순간 아이 엄마의 목소리를 떠올리지만, 마음을 다지고 매섭게 지도한다. 위험한 행동과 폭력은 꼭 고쳐야 할 행동이다. 두 녀석 다 눈물이 그렁그렁한 채 화해한다. 개구쟁이 눈물에 마음이 더 무겁다. 내 마음이 밴댕이 속처럼 좁아 무척 답답했다.

아이가 사고를 치고 나는 벌을 주고, 다시 아이가 돌아서서 언제 그랬느냐는 듯 까불 때마다 혼동 속으로 빠진다. 돌아서며 헤헤거리는 그 아이는 분명 나에게 무엇을 말하는 듯하다. 하지만 어리석은 나는 그 활발함 속에 숨어있는 무엇을 어떻게 보듬어주어야 할지 잘 모르겠다. 안타까운 마음으로 손을 내밀어 잡아주고 싶지만, 손을 놓는 순간 아이는 더 외로워질 것 같다. 안타까운 마음으로 개구쟁이를 안으면 아이는 겨우 참고 있던 울음을 터뜨릴까 두렵다.

속상하지 않을 만큼 혼내고, 슬픔이 떠오르지 않을 정도로 다독거려 주는 일은 아무나 할 수 있지만, 그 슬픔마저 없애 주지는 못한다. 부디 아이 엄마가 쾌유하길 소망한다. 얼른 자리를 털고 일어나 나들이 가듯 우리 교실에 오기 바란다. 와서 아이가 날마다 앉아 있는 낮은 걸상에 앉아, 밴댕이 선생의 넋두리를 웃으며 들어주기를 바란다. 그날을 기다린다.

곱창을 드시는 법
- 비 오는 날, 엄마와 아들의 통화

오월이 코앞인데 날씨가 차다. 비까지 온다. 오늘 일기를 안 써 온 아이는 세 명이다. 그중 두 명은 벌 청소가 끝나자마자 일기를 쓰고 총총히 집으로 갔다. 하지만 우리 지태는 아직 일기장조차 꺼내지 않는다. 나는 이미 좋은 말로 두 번이나 경고했다.

"지태야, 얼른 일기 쓰고 집에 가야지."

들은 척 만 척. 지태는 하릴없이 교실에 남은 다른 농땡이들과 세월 좋게 노닥거리고 있었다. 그러다가 시간이 흘러 함께 놀던 농땡이들마저 하나둘 빠져나가고, 교실에는 지태와 내가 남았다. 느림보 거북이는 그제야 어기적어기적 일기장을 펼치더니 연필 뒷꼭지를 물고 있다. 그렇게 한참 생각에 잠겨 있더니, 내게 물었다.

"선생님, 사람 목구멍으로 내려가는 길을 뭐라 해요?"

"기도? 식도?"

"아하!"

지태가 또 물었다.

"선생님, 사람이 똥 눌 때 내려가는 줄기를 뭐라 해요?"

"창자?"

"아! 맞다. 창자!"

생뚱맞은 질문을 하더니 또 턱을 괴고 초점 잃은 시선으로 생각에 빠져있다. '음, 이제 글감을 고르나 보다' 나는 닦달을 포기하고 밀린 업무에 열중했다. 한참 있다가 내가 물었다.

"지태야, 몇 줄 썼냐?"

"한 줄요."

아이고, 두야! 빗줄기는 자꾸 굵어지는데 대체 어쩔 셈인지, 오히려 내가 답답해졌다. 나는 교실을 나와 교사 휴게실로 갔다. 커피 한잔을 타서 나오다가 탁자 위에 놓인 여선생님들의 간식거리를 발견하였다. 순간 지태처럼 혼자 자문자답했다.

'지태 하나 갖다 줄까?'

'남아서 일기 쓰다가 과자 먹는 재미 들면 어쩔 것이여?'

'그래도 아이 앞에서 혼자 홀짝홀짝 커피를 마실 수는 없잖아?'

'그렇다면 주든지 말든지.'

나는 한 손에 커피잔을 다른 손에 과자를 들고 교실로 돌아왔다. 지태가 "아이, 안 주셔도 되는데" 하며 넙죽 과자를 받았다. 우리는 넓은 교실에서 각각 간식을 챙겨 먹었다. 커피를 마시며 창밖에 고즈넉하게 내리는 비를 보니, 시골에 혼자 계시는 어머니 생각이 났다. 생각이 난 김에 전화를 드렸다.

그곳에도 비가 오고, 당신도 방 안에서 혼자 앉은뱅이 재봉틀과 소일거리를 하신단다. 나는 벌써 수업을 마쳤고 지금 교실에서 꼬마 한 명과 한가한 시간을 보내고 있다고 했다. 그리고 다짜고짜로 "우리 반에서 제일 귀여운 아이가 있는데 목소리 한번 들어 보실랍니까?" 했다. 당신도 사양하지 않으시고 호호 할머니처럼 웃었다.

"지태야, 선생님 엄마하고 통화 한번 해볼래?"

지태가 연필을 놓고 빙그레 웃으며 앞으로 걸어 나왔다. 지태 귀에 전화를 대어 주면서 "할머니 안녕하세요?" 하랬더니 그대로 따라서 "할머니 안녕하세요?"라고 했다. 생면부지의 낯선 할머니와 꼬마 아이의 통화가 빗소리처럼 정겨웠다. 할머니는 자꾸 무어라고 당부하시고 지태는 몇 번 "예. 예."를 반복했다. 지태가 짧은 통화를 끝내고 빙그레 웃으며 휴대폰을 돌려주었다.

"할머니가 뭐라 하시던?"

"음… 공부 열심히 하고요. 선생님 말씀 잘 듣고요. 커서 훌륭한 사람 되라고 하셨어요."

어머니는 당신이 젊은 엄마였을 때 어린 나에게 했던 말 그대로 지태한테 말씀하셨다. 그러고 보니 지태도 제 엄마 생각이 날 것 같았다.

"지태야, 선생님 엄마한테 전화해 봤으니, 너도 엄마한테 전화해 보자."

휴대폰을 지태한테 건넸다. 지태가 토실토실한 손가락으로 번호를 눌렀다.

"엄마, 나 지금 교실에서 일기 쓰고 있어요."

딱 그 한마디 하고 바로 나를 바꿔 주었다. 얼떨결에 받아 인사를 하였다.

"반갑습니다. 지태 어머니"

이 귀여운 꼬마와 인연을 맺게 해 준 분이 진심 반가웠다. 지태가 가끔 일기 쓰기를 빠뜨리기는 하지만, 인사도 깍듯이 잘하고 목소리도 엄청 귀엽고, 독특한 생각을 나름대로 정리해서 발표를 잘한다고 말했다. 또한, 보시다시피 우리는 아주 친하게 잘 지내고 있다고 했다. 그렇게 전화를 끊자 지태도 나도 약간 우쭐해졌다.

두 엄마와의 통화가 끝나자 두 아들은 한결 상쾌해졌다. 지태는 띄어쓰기를 무척 싫어한다. 하지만 자신이 경험한 일을 글감으로 정해 표현하는 능력은 탁월하다. 지태의 일기 쓰는 속도가 급속도로 빨라졌다.

〈제목: 돼지 막창〉

막창은돼지창자로만든고기이다.   땡추와파를넣고쌈장을놓으면막창전용쌈장돼지막창은쫄깃한게육집이좌르르맨입으로먹으면맛이없지전용쌈장에다가찍어먹으면이게100%로진정한맛이다.

① 　막창을만드는방법은일단막창에다가냄새가안나게소금을뿌리고 　그리고전용쌈장을만들려면그냥쌈장을사서땡추파를넣으면끝

② 그리고막창을꾸울때불을최대로불을올려주고2분정도있
다가막창을뒤집어주고전용쌈장에찍어먹어면내가이때
까지엄마한테혼난스트레스가부드럽게사르르화가녹아
내린다.선생님도저땜에화가나셨을거예요그거드시고화
푸세요비록홍삼보다좋은게아니에요선생님초콜릿복근
만든다면서요비록작게먹어도되는데많이드시면초콜릿
복근이아니라녹은초콜릿이에요
그리고선생님선생님어머니한테선생님이효자니까막창
더많이사서구워드시곤하세요. 끝.

일기를 검사하는 내 입에서 군침이 돌았다. 나는 기꺼이 지태 어린이를 칭찬했다. 으쓱해진 지태는 우산을 챙겨 들고 교실을 나가다 돌아서며 말했다.

"아 참! 선생님 빨리 드시고 싶으면 꼭 가스 불을 최대한 올리세요."

엄마 내

- 그 아이가 너무 오래 기다리지 않기를

동시를 배우는 시간 제목은 「엄마 무릎」이다. 「엄마」라는 글자가 붙은 제목치고 정겹지 않은 것이 어디 있을까? 시든 노래든 모든 이야기 속에 엄마가 깃들어 있으면 이불처럼 포근해진다. 아이들과 함께 목소리를 맞춰 낭송해본다.

엄마 무릎 – 임길택

귀이개를 가지고 엄마한테 가면
엄마는 귀찮다 하면서도
햇빛 잘 드는 쪽으로 가려 앉아
무릎에 나를 뉘어 줍니다.
그러고 선 내 귓바퀴를 잡아 늘이며
갈그락갈그락 귀지를 파냅니다.

아이고, 네가 이러니까 말을 안 듣지
엄마는 들어낸 귀지를 내 눈앞에 내보입니다.

그러고는
뜯어놓은 휴짓조각에 귀지를 털어놓고
다시 귓속을 간질입니다.

고개를 돌려 누울 때에
나는 다시 엄마 무릎 내를 맡습니다.
스르르 잠에 빠져듭니다.

'엄마 내'라는 시어가 가슴에 와닿는다. 나는 책을 덮어 교탁에 올려놓고 열한 살 어린이들에게 묻는다.

"엄마 내 맡아본 사람?"

수업 목표는 글쓴이의 중심 생각 찾기인데, 뜬금없이 '엄마 내'를 물으니 모두 아리송한가 보다. 하나같이 눈만 동그래질 뿐이다. 아이들 키가 벌써 엄마 어깨까지 닿을 만큼 많이 자라서 기억이 가물가물한 걸까? 찬찬히 떠올려 보라며 기다려 본다.

"우리 엄마한테 가면 화장품 냄새가 나는데요."
"엄마가 방 닦을 때 땀 냄새가 났어요."
"엄마 옆에 가면 샴푸 냄새가 나지 않나?"

남보다 빨리 발표하기를 좋아하는 아이 몇몇이 얼렁뚱땅 대답한다. 나는 도리질한다. 다른 사람한테서는 느낄 수 없는 엄마 내, 엄마가 없을 때더 맡고 싶은 엄마 내, 그런 것이 엄마 내라고 암시를 준다. 아이들은 다시 잠잠해지고 나는 좀 안타까워졌다.

엄마 내를 찾으려는 듯 코를 씰룩거리는 아이, 손가락만 입에 물고 멀뚱멀뚱 천장을 바라보는 아이, 짝꿍과 눈을 맞춘 채 '대체 뭐지?' 하는 아이, 각양각색으로 생각에 잠겨 있을 뿐 선뜻 손을 들고 발표하지 않는다. 이건 참 의외다.

나는 우리 반 아이들이 잊고 있던 엄마 내를 꼭 찾기를 바랐다. 마침내 맨 뒷줄에서 손 하나가 불쑥 올라온다. 우리 반에서 키가 제일 큰 상현이다.

"베개에서 엄마 냄새 맡아봤어요!"

그래 맞다! 맞다! 나는 너무 반가워 박수를 쳤다. 그제야 아이들 눈이 반짝거린다. 드디어 고사리손이 여기저기 쑥쑥 올라온다.

"엄마가 안아 줄 때 그 냄새 말이죠. 나도 전에 맡아보았어요."

"우리 동생이 잘 때 목덜미에서 나는 냄새와 비슷해요."

"나도 기억나요. 달콤하지는 않은데 달콤한 것 같은 냄새예요."

교실 어느새 포근한 엄마 내가 가득하다. 아이들은 다른 사람은 모르고 저만 알고 있는 엄마 내라서 더 들뜬다. 하지만 나는 더는 '엄마 내'에 대해 발표를 시키지 않고, 덮어두었던 국어책을 다시 펼쳤다. 왁자지껄한 가운데 한 아이가 눈에 밟혀서 그렇다.

아이는 아빠와 동생과 살고 있다. 가끔 퇴근할 때, 텅 빈 운동장에서 유치원 동생과 놀아주는 아이를 본다. 어린 동생을 엄마처럼 돌보는 정말 착한 아이다. 아이가 너무 오랫동안 엄마를 기다리지 않았으면 좋겠다. 엄마 내는 엄마가 없을 때 더 사무치게 그립기 때문이다.

함박웃음 이한나

- 언덕 위 외딴집에 스민 행복 하나

소풍을 다녀온 날이었다. 아이들이 썰물처럼 학교를 빠져나가고, 나는 교무실 의자에 앉아 자울자울 졸고 있었다. 그런데 교무실 문이 드르륵 열리더니 아이 얼굴 하나가 쏙 들어왔다. 아이는 대뜸 나를 보고, 운동 장에 어떤 할머니가 울고 있다고 말했다. 무슨 일인가 싶어서 아이를 따라나섰다. 정말로 할머니 한 분이 화단 옆에 앉아 눈가를 훔치고 계셨다.

"어르신 무슨 일로 오셨습니까?"
"손녀가 집에 오지 않아 걱정되어, 오다 보니 학교까지 왔네요."
그런데 학교에도 아이가 보이지 않아 어째야 좋을지 모르겠다고 하셨다. 할머니 목소리가 가늘게 떨렸다. 내가 보기에 걱정되는 사람은 손녀 가 아니라 할머니였다.

손녀 이름을 물었더니 '이한나'라고 했다. 한나! 우리 반 못난이 한나! 나 는 웃으며 내가 담임이라고 말씀드렸다. 아마 아이들이 소풍 여흥이 남아 어디선가 놀고 있을 테니, 걱정하지 마시라 하고 교무실로 모시고 왔다. 그리고 우리 반 아이들이 모여 있을 만한 집 몇 군데에 전화를 돌렸다.

잠시 후 운동장 저쪽 교문 안으로, 짧은 단발을 나풀거리며 달려오는 한나가 보였다. 열한 살 수다쟁이 한나, 작은 눈과 까무잡잡한 피부를 가진 말괄량이. 공부는 못하지만 날마다 뭐가 그리 좋은지 늘 웃고 다니는 아이. 그 아이가 활짝 웃으며 교무실에 들어와 할머니 품에 안겼다. 할머니가 "아이고, 내 새끼야!" 하며 울먹울먹하였다.

"선생님, 고맙습니다."

할머니와 한나는 선생님들에게 허리를 굽혀 인사하고 교무실을 나섰다. 창문 너머 멀리 허리 굽은 할머니와 한나가 손을 잡고 가는 모습이 보였다. 열한 살 아이가 어른처럼 할머니를 부축하고, 가끔 걸음을 멈추더니 할머니 젖은 눈을 닦아 드렸다.

그 일이 있고 얼마 안 있어 가정방문을 가게 되었다. 나는 우리 반 아이들을 길잡이 삼아 동네를 한 바퀴 돌았다. 한나네 집은 마을과 조금 외

떨어진 곳이라 제일 마지막에 방문했다. 언덕을 올라 외딴집 낡은 대문을 들어서자, 마루 한쪽에 개다리소반을 펴놓고 숙제를 하던 한나가 깍듯이 인사를 하였다.

"에이, 선생님 오신다고 공부하는 척하시네."

아이들이 놀리자 한나가 헤헤 웃었다. 한나는 고구마와 시원한 물을 쟁반에 담아 내놓고 제법 손님맞이를 하였다. 마루는 반질반질 빛이 나고 마당에는 빗자루로 쓴 자국이 가지런히 남아 있었다. 할머니는 밭에 가서 아직 돌아오지 않으셨다. 중학생 오빠도 해가 저물 때가 되어야 온다고 했다.

마루에 걸터앉아 집안을 살펴보았다. 처마 밑 벽에 사진 액자 두 개가 나란히 걸려 있었다. 하나는 갓을 쓴 노인 사진이었고, 다른 하나는 결혼식 사진이었다. 사진 속 신랑과 신부가 함박웃음을 짓고 있었다. 그 웃음이 한나를 닮아 순해 보였지만, 내 마음은 왠지 쓸쓸했다.

그런데 사진 아래 벽에 종이에 써 붙여놓은 글귀가 보였다. 자세히 보니 '화목'이었다. 정성 들여 써 붙였지만, 가로선이 맞지 않아 삐뚜름해서 우스웠다. 딱 보니 한나 글씨였다. 한나한테 물었다.

"네가 쓴 거냐?"

"예."

이번에는 열심히 고구마를 먹고 있는 길잡이 아이들한테 물었다.

"애들아, 화목이 무슨 뜻인 줄 아나?"

"......."

모두 당나귀 숭례문 현판 보듯 멀뚱멀뚱하게 바라보고 있었다. 한나한 테 다시 '화목'이 무슨 뜻인지 물었다. 한나가 대답했다.

"우리 할머니하고 오빠하고 오래오래 사는 거요."

그래그래 맞다. '화목'이란 지금 내 곁에 있는 내 가족이 아프지 않고 오 래오래 함께 사는 일이다. 나는 사진 속 신랑과 신부를 대신해서 한나를 쓰다듬어 주었다. 그리고 한나네 집을 나섰다. 가파른 내리막을 걷다 보 니 해가 벌써 서산마루에 걸려 있었다.

밭에 가신 할머니도 읍내 중학교 간 오빠도 아직 오지 않았으니, 아마 오늘 한나네 저녁밥은 한참 늦어질 것이다. 그렇지만 새벽은 이 작은 외딴 집에 제일 먼저 찾아와 밝은 여명을 비춰 줄 것 같았다.

엄마를 잊는 시간
- 엄마 없이 살 수 있는 시간은 얼마쯤일까?

수업이 끝났다. 파도가 밀려가도 모래밭에 남아 있는 작은 조개들처럼, 아이 몇몇이 교실에 남아 밀린 과제를 하고 있었다. 시간이 지나자 일기를 다 쓴 아이들이 가고, 그다음으로 숙제를 마친 아이들이 갔다. 마지막으로 시현이가 남았다. 시현이는 미술 시간에 완성하지 못한 수채화를 그리는 중이다. 주위에 있던 친구들이 모두 떠나자, 시현이는 이제야 속도를 좀 내려는지 채색을 시작했다. 내가 말을 걸었다.

"시현아, 몇 시쯤 되면 완성되겠냐?"

"밤 열두 시쯤요."

이 와중에 농담씩이나? 내가 눈을 날카롭게 뜨고 '진짜로 해볼 참이냐?' 하는 신호를 보내자, 녀석이 씨익 웃어 보였다. 모태 지각생 시현이는 원래 학교에 제일 늦게 오고 수업이 마치면 제일 먼저 교실 문을 박차고 달려나갔다. 그러나 요즘은 그렇지 않다. 집에 엄마가 안 계신다. 시현이 엄마는 이태 전, 교통사고를 당한 뒤 수술과 재활치료를 위해 멀리 떨어진 병원에 가셨다.

시현이가 양손에 붓을 하나씩 들고 느릿느릿 채색하고 있는데, 옆 반 학생이 비닐봉지를 들고 우리 교실로 들어왔다. 아이는 비닐봉지에서 원뿔 모양으로 생긴 아이스콘 하나를 꺼내 주고 갔다. 마음씨 고운 옆 반 부장 선생님이 가끔 같은 학년 교실마다 선생님들 몫으로 돌리는 선물이다.

입은 두 개인데 콘은 하나라서 잠시 난감했다. 나는 시치미를 딱 떼고 아이스콘 아랫부분을 천천히 돌려 알록달록한 껍질을 벗겼다. 그리고 시현이 관심을 끌도록 콘을 트로피처럼 높이 쳐들고 큰소리로 중얼거렸다.

"음, 엄청시리 맛있겠군!"

입을 쫙 벌리고 크게 한입 베어 무는 시늉을 하자, 느림보가 실눈을 뜨고 웃는다. '설마 혼자 다 드시겠어요?' 하는 표정이다. 어쩔 수 없이 손짓하니, 아이가 기다렸다는 듯 붓을 놓고 앞으로 나왔다. 나는 손가락으로 아이스크림 가운데 부분에 선을 그어 보였다.

"요만큼 너 먹고, 밑에 부분은 내 꺼다. 선 넘으면 땅콩 백 대!"

"예!"

아이는 찰떡같이 대답하고 제자리로 가더니, 한 손에는 콘을 다른 손에는 붓을 들고 그림을 그렸다.

잠시 후 시현이는 마치 칼로 반듯하게 자른 것처럼 정해준 선까지 먹고 콘을 반납하였다. 그 후 과제 이행 속도는 급상승하였다. 아이들이 하교하고 약 한 시간이 지난 후, 드디어 우리 시현이가 작품을 들고 앞으로 왔다. 도화지에 '참 잘했어요' 도장을 찍어주며 내가 물었다.

"이번에는 얼마쯤 지나면 엄마가 돌아오시냐?"

"잘 모르겠는데요."

시현이가 담담한 표정으로 말했다. 나는 안타까운 마음이 들어 위로랍시고 말했다.

"엄마 없이 얼마 정도 참을 수 있어?"

바보 같은 질문이었다. 도대체 열두 살 아이가 엄마 없이 지낼 수 있는 날들을 어떻게 가늠한단 말인가. 하지만 시현이 대답은 의외로 명쾌했다.

"한 달요!"

"우와! 대단해!"

나는 진심으로 놀랐다. 내가 어릴 때 외갓집에 간 엄마를 기다리던 기억이 났다.

"선생님은 어릴 때 사흘도 못 가서 징징 울었는데 한 달씩이나? 비결이 뭔데?"

아이 옆으로 바짝 당겨 앉으며 물어보았다. 정말 궁금했다. 엄마 없는 시간을 어떻게 지내야 할지, 어른인 나도 모르는 정답을 아이가 알려 줄 것 같았다. 시현이는 내 마음을 아는 듯 싱긋 웃으며 답해 주었다.

"그냥 재미있게 놀면 돼요."

"아하!"

맞다. 맞다. 엄마가 보고 싶으면 재미있게 놀면 된다. 엄마가 없다고 징징 울고 있으면 안 된다. 엄마가 올 때까지 잊고 지내야 한다. 그래야 멀리 있는 엄마도 걱정을 덜 하신다. 열두 살 아이가 오십 줄 넘은 나한테 한 수 가르쳐 주었다.

예쁘다 선주

- 세일러문 머리로 할까? 디스코 머리로 할까?

아주 오래전에 들었던 우스갯소리. 사랑에 달뜬 남자와 여자가 주고받는 말이 이랬단다.

"만약 내 머리카락이 다 빠지고 겨우 세 가닥만 남았다면 어떻게 하겠습니까?"

"삼단으로 곱게 땋아 드릴게요."

"그런데 그중 한 가닥이 빠지고 두 가닥만 남았다면요?"

"양쪽으로 멋지게 가르마를 타 드리죠."

"마지막으로 한 가닥 남았다면?"

"포마드를 발라 시원하게 올백으로 넘겨줄 거예요."

소박한 아름다움을 놓치지 않는다면, 이 세상에 고운 것이 많고 많다는 말이다. 시골 남자아이들이 짧게 이발한 모습 또한 그렇다. 뒷머리를 바짝 깎아 올려 언뜻 촌스러운 듯 보이지만 잘 보면 그렇지 않다. 짧게 밀어 올린 뒤통수 아랫부분에 파르스름하게 감도는 빛은, 시인 조지훈의 「승무」에 나오는 '파르라니 깎은 머리'에 견줄 만하다. 깔끔하고 시원하다. 그런 아이 곁을 지나면 꼭 한번 쓰다듬어 주고 싶다.

여자 어린이들 머리 모양은 더 귀엽고 예쁘다. 치렁치렁 직선으로 내린 머리 모양부터 알록달록한 색깔로 물들인 머리까지 각양각색이다. 묶고 가르마 타고 휘감아 올려 방울이나 꽃 핀을 단 아이 모습은 사시사철 피어있는 꽃송이처럼 앙증맞다.

학교 계단을 내려가는데, 맞은편에서 여자아이 셋이 팔짱을 끼고 올라오고 있었다. 좁은 계단에서 옆으로 나란히 올라오니 부딪칠 것 같아 걸음을 멈추었다. 아이들도 멈칫하더니 병아리처럼 한쪽으로 모여 길을 열어 주었다. 하지만 서로 끼고 있던 팔짱은 끝까지 풀지 않았다. 그 모습이 귀여워 허허 웃었더니 아이들도 까르르 웃었다. 그중 한 아이의 특이한 머리 모양이 내 눈에 끌렸다. 그 아이가 선주였다.

앞에서 볼 때는 선녀 머리 위에 왕관을 얹어 놓은 것 보였는데, 지나가면서 보니 비단 실로 잘 묶은 수예 작품 같았다. 뒤에서 보니 또 달랐다. 연방 하늘을 박차고 올라갈 듯한 제비 한 마리가 머리 위에 앉아 있는 것 같았다. 단순한 머리카락이 어떻게 저런 모습으로 탈바꿈할 수 있을까?

그때 나는 문득 '이발은 곧 예술'임을 강조하던 우리 동네 이발사 완산 선생이 하신 말씀을 떠올렸다.

"잘 깎은 머리는 예술이지요. 하지만 보름쯤 지나 머리가 길어지면 사라지는 작품이니 참 허무합니다. 쯧쯧."

해변에 쌓은 모래성처럼 시간이 지나면 흐트러져 버리는 이발이라는 예술, 그래도 남자 머리 모양은 머리카락이 길 때까지 며칠은 유효하다.

묶고 다듬고 감아올린 여자 머리 모양은 그렇지 않다. 그날 밤이면 무조건 해체다. 선주 머리 모양을 보고 지나가다가, 이 예술을 그냥 보내면 다시 못 보겠다 싶었다. 아이에게 대뜸 말했다.

"이렇게 멋진 머리 모양은 사진으로 남겨 두어야 한다."

그랬더니 함께 있던 친구들이 더 좋아했다. 선주도 쑥스러운 듯 동의했다.

그날 수업 마치고 나는 마치 사진작가나 되는 것처럼 열심히 선주의 머리 모양을 카메라에 담았다. 정면 측면 후면 할 것 없이 다양한 위치에서 셔터를 눌러댔다. 걸상을 딛고 올라가 위에서 본 모습까지 찍었다. 영리한 선주도 짝퉁 사진작가의 의도에 따라 자연스러운 자세를 취해주었다. 우리는 호흡이 착착 맞았다.

그날 이후, 선주가 새로운 머리 모양으로 학교에 오면, 친구들과 함께 우리 교실로 왔다. 나는 즐거운 마음으로 사진을 찍어 선주 메일로 보내주었다. 그러다가 대체 어머니가 어떤 분이시기에 저런 기막힌 기술을 가졌을까 궁금했다. 따지고 보면 예나 지금이나 여성들이 더 바쁜 아침 시간인데, 어떤 마음이기에 날마다 팔색조 같은 머리 모양을 만들어 주실까.

학교 문집 '엄마'라는 특집에 싣고 싶었다. 그래서 선주 어머니께 편지를 보냈다. 편지지 한 장에는 선주 머리 모양에 대한 감회를 쓰고, 다른 한

장은 머리 모양 만들기에 관한 몇 가지 궁금한 점을 서면 인터뷰식으로 작성했다. 다음 날 선주 편으로 회신이 왔다. 내용은 이렇다.

Q: 선주 머리 모양이 다양하던데 머리마다 이름이 따로 있습니까?

A: 선녀 머리, 인디언 머리, 세일러문 머리, 때려 머리, 디스코 머리, 주모 머리 등등 모두 이름이 있습니다.

Q: 머리 만드는 데 시간과 재료비는 얼마나 드는지요?

A: 색 고무줄 500원짜리 몇 개면 서너 달 동안 예쁘게 만들 수 있습니다. 시간은 대략 5분에서 10분 정도 걸리죠. 그날 딸과 내 기분에 따라서 함께 머리 모양을 만들어요.

Q: 혹시 전에 미용실을 하셨거나 미용 기술을 배운 적이 있습니까?

A: 미용을 배운 적은 없고 딸아이를 조금 예쁘게 키우고 싶은 욕심은 있었습니다. 선주가 유치원 다닐 때부터 요구사항이 많았습니다. 달의 요정 '세일러문'처럼 해달라고 해서 흉내를 내보았는데 그걸 유치원 선생님이 예쁘다고 칭찬하면서부터 여러 가지 모양을 만들었습니다.

Q: 아무나 만들 수 없을 것 같은데, 초보자를 위해 기술이나 재료 같은 것을 소개해 주십시오.

A: 작은 분무기, 색 고무줄, 쪽빗 정도면 될 것 같아요. 우리는 남들보다 고무줄을 조금 많이 사용할 뿐 특별한 기술은 없고요. 자주 하다 보니 요령이

저절로 생기더군요.

Q: 바쁜 아침에 날마다 머리 만들어 주기가 만만하지 않을 텐데요.

A: 솔직히 바쁜 아침 시간에 머리를 묶어 달라고 하면 짜증이 날 때도 있습니다. 더구나 애써 만들어 주었는데 자기 마음에 안 든다며 징징거릴 때는 정말 빗을 바닥에 던져버리고 싶지요. '다시 또 해 주나 봐라' 하고 속으로 다짐을 합니다.

하지만 거울을 보며 '오늘은 얼마나 예쁘게 만들어 주나?'하고 바라보는 딸아이를 보면 저절로 흐뭇해져서 신이 납니다. 딸이 만족해서 환하게 웃는 모습, 그것 하나 보는 재미로 아침마다 빗질한답니다.

Q: 엄마가 머리를 만들어 주면 어떤 점이 좋던가요?

A: 어릴 적에 아침밥을 짓는 엄마 옆에 있기를 좋아했습니다. 친정어머니는 부엌에 쪼그리고 앉아 장작을 아궁이에 넣으시며 내 머리를 예쁘게 만들어 주셨어요. 긴 머리카락을 두 갈래로 땋아 검정 고무줄을(그 시절에는 예쁜 색 고무줄이 없어 내복 속에 들어있는 부드러운 고무줄을 빼서 사용했어요) 묶은 후 알록달록한 천을 잘라 리본을 달아주셨어요.

그때는 세상에서 내가 제일 예쁜 줄 알았습니다. 어머니의 따스한 손길을 느끼며 전날 있었던 일을 주고받았어요. 그때 차분하게 들려주시던 어머니 목소리가 어찌나 좋았던지…. 그 시절이 그립습니다. 선주와도 그렇게 합니다. 몇 분 안 되는 시간에 많은 이야기를 하고 "세상에서 우리 딸이 제일 예쁘다"라고 한마디 해주면, 선주도 "엄마가 제일 좋다"라고 대답합니다.

내가 어릴 적 느낀 그 마음을 선주도 느끼길 바랄 뿐이죠.

이 글을 쓴 지 20년이 지났다. 세월이 참 많이 흘렀다. 열두 살 선주도 이제 서른 살 남짓한 여인이 되어, 어쩌면 착한 사람과 인연을 맺어 보금자리를 꾸몄을 수도 있겠다. 또 어쩌면 이미 엄마가 되어 무릎 앞에 사랑스러운 딸을 앉히고 머리를 땋아 주기도 하겠다. 어딘가에 엄마와 딸이 빚어내는 소박한 풍경으로 세상의 아침이 참 아름답겠다.

5장

순수

할아버지 지진 드세요

- 참을성 없이 붉으락푸르락하는 나에게

초등학교 2학년 교실에서 아홉 살 꼬마 아이들과 생활하는 것은 널뛰기 비슷하다. 아이들이 우유병을 안고 있는 아기로 보일 때가 있다. 그 모습이 하도 맑아서 눈이 부실 지경이다. 그런 날에는 꼬마들이 좀 까불어도 허허 웃어넘긴다. 널을 박차고 하늘 높이 오른 내가, 눈 아래 있는 상대를 향한 너그러움이라 할까?

모처럼 시험을 쳤다.

문제: 저녁 준비가 되었습니다. 어머니께서 할아버지를 모셔 오라고 하십니다. 할아버지께 어떻게 말씀드려야 할까요?

답: 할아버지, 지진 드세요.

진지와 지진의 뜻을 파악해야 할 고난도 문항이다. 아이들에게 '진지'라는 단어는 '지진'만큼이나 난해하다. 하지만 채점하다 보니 아이 편을 들고 싶다. '그건 그래, 조상님은 지진을 드실 수 있을 만큼 대단하셔.' 하지만 그 속 깊은 오답 위에 사선을 긋는다. 야박하지만 어쩔 수 없다.

문제: 저녁에 아버지 친구분들이 오신다고 합니다. 손님을 맞이하기 위해

우리가 할 수 있는 일은 무엇이 있을까요?
답: 땅콩 사러 가기

아이 눈높이에서 보면 납득이 된다. 손님이 오셨고 냉장고에 병맥주가 줄을 맞춰 서 있다. 그러니 이제 필요한 것은 뭔가? 안주, 땅콩 아니겠는 가? 아이가 손님맞이를 위해 땅콩 사러 가는 일은 아주 적절한 봉사활동 이다. 나는 땅콩이라는 답에 빨간 동그라미를 그린다. 시험지에 아홉 살 인생의 세상 물정이 고스란히 묻어난다.

어떤 때 아이들이 고집 센 아기 염소 같다. 역시 시험 치는 날이다. 아 홉 살 인생에게 시험이란, 빨리 답 써넣고 운동장에 나가기 위한 시간일 뿐이다. 몇몇 녀석들은 '대충 답을 적어내고 얼른 운동장에 나가 놀아야 지!' 하는 표정 역력하다.

하늘에 비가 그치고 푸른 들판에 나가고 싶은 아기 염소들에게 호소 한다. 제발 우유 한 잔 마시는 시간만큼이라도 참고 시험 좀 제대로 봐 달라고. 하지만 몇몇 시험지는 벌써 뒷면으로 넘어간다. 아이 한 명이 질 문한다.

"선생님, '무뚝뚝'이가 뭐예요?"

"무뚝뚝? 몇 번 문제인데? 아, 무뚝뚝하다. 그건 남에게 친절하지 않 고 귀찮게 생각하는 말이나 표정 같은 것."

약 십 초 후 다른 아이가 질문한다.

"선생님 '무뚝뚝하다'가 뭐예요?"

"아까 설명했는데… 애들아, 모두 잘 들어라. '무뚝뚝하다'란…. 에휴, 힘들어."

하고 자리에 앉는 순간, 또 한 녀석이 손을 든다.

"선생님 '무뚝뚝하다'가 무슨 말인지 모르겠어요."

"으이그… '무뚝뚝하다'는 말은… 어쩌고저쩌고 야! 이놈들아 도대체 선생님이 녹음기냐 뭐냐? 엉!"

나는 마침내 이성을 잃고 붉으락푸르락한다. 하지만 그들을 향해 아무리 인상을 쓰고 호통을 쳐도 소용이 없다. 꼬마들은 눈만 깜빡거린다. 1분도 안 지나서 '무뚝뚝'이 뭐냐고 또 묻는다.

분위기 파악이 전혀 안 된다. 하지만 아이들이 '뭐 그딴 일로 그렇게 흥분하세요?'라고 하는 듯 나를 보면, 난 또 널뛰기하는 착각에 사로잡힌다. 널을 굴러 폴짝 뛰어오른 아이가 제풀에 화가 나서 방방 뛰는 어른한테 혀를 쏙 내미는 것 같지 않은가?

파란 하늘

- 우리들도 날아보자, 높게 높게 날아 가보자

첫 시간 수업 마치는 종이 울렸다. 손에 묻은 분필 가루를 털고 막 의자에 앉았는데, 교실 앞문으로 꼬마가 들어오더니 쪽지를 불쑥 내밀었다.

> 정보부장님, 큰일 났어요. 2교시가 음악인데 컴퓨터에서 소리가 안 나요. 고쳐 주실 거죠?

1학년 1반 선생님이 보낸 쪽지였다. 학교에서 정보부장이란 정보를 다루는 업무가 아니라, 교사용 컴퓨터가 말썽을 부릴 때 응급조치를 해주는 서비스 기사이다. 그러나 지금은 너도나도 쉬는 시간. 나는 점심시간쯤 가볼 마음으로 꼬마한테 말했다.

"수고했다. 선생님에게 알았다고 전해 드려라."

그런데 1학년 꼬마가 냉큼 가지 않고 턱밑에서 나를 빤히 바라보고 있었다. 무슨 말인지 못 알아듣는 것 같았다. 아이는 무조건 나랑 함께 가야 한다고, 그래야 음악 시간에 즐겁게 노래를 부를 수 있다고 믿는 것 같았다. 어른 얄밉다고 1학년을 내쫓을 수 없었다.

나는 숙련된 기사님처럼 책상 서랍에서 드라이브를 꺼낸 뒤 호주머니에 꽂았다. 그리고 아이 뒤를 터벅터벅 따라가며 구시렁거렸다.

'분명 여우 같은 선생님이 꼬마를 꼬드겼을 거야. 정보부장을 체포해서 동행하라고.'

1학년 1반 교실 창문 밖에 멈춰 서서 보니, 분위기가 심상치 않았다. 꼬마들은 하나같이 머리에 손을 얹고 입을 꼭 다물고 있었다. 담임선생님이 아이들을 야단치는 중이었다. 내가 노크를 하고 빼꼼 문을 열어도 흥분한 선생님은 인기척을 느끼지 못했다. 머리 위에 두 손을 얹은 토끼들의 수많은 눈동자만 낯선 방문객을 향해 깜빡거렸다.

"수고하십니다!"

일부러 큰소리로 인사를 했다. 흠칫 놀라 돌아보는 선생님 얼굴이 발갛게 달아 있었다. 악동들이 어지간히 말썽을 피웠구나 싶었다. 나는 빨간 홍시 같은 선생님 얼굴이 민망해서 못 본 척, 드라이브를 빼 들고 교사용 컴퓨터 쪽으로 다가갔다. 머리까지 치솟은 담임의 화가 풀리려면 시간이 좀 더 필요할 것 같았다.

"선생님 돌아올 때까지 꼼짝 말고 그대로 있어!"

홍시 선생님은 그렇게 한마디를 남기고 홀연히 교실을 나갔다. 그 말은 꼬마들뿐만 아니라, 나한테도 '컴퓨터 못 고치면 혼날 줄 아세요!' 하는 것 같아 기분이 좀 나빠질 뻔하였다. 아무튼 교실에는 힘없는 정보부장과 꼬마들만 남았다. 아가들아! 수고가 많다. 어쩌다가 우리가 이런 모양새로 만나게 되었느냐.

작업 도중 힐끗힐끗 아이들을 보았다. 철부지 1학년들은 아무도 손을 내리지 않고 선생님이 시킨 대로 입을 꼭 다물고 부동자세를 취하고 있었다. 오로지 말똥말똥한 눈들만 좌우로 오가며, 내 몸짓과 동선을 따라 일사불란하게 움직이고 있었다. 교실은 쥐 죽은 듯 고요했다.

알면 너무 쉽고, 모르면 너무나 어려운 컴퓨터 고장이었다. 나는 불과 3분 만에 문제를 찾아 해결했다. 이제 음악 시디를 넣고 소리 테스트만 하면 작업 끝이다. 토끼들도 작업 상황을 파악하고 있는 것 같았다. 나는 초롱초롱한 시선을 한몸에 받으며 조심스럽게 음악 시디 재생 버튼을 눌렀다.

"딩동!"

스피커에서 동요 반주가 경쾌하게 울려 퍼졌다. 성공이다. 나는 숙련된 기술자처럼 손을 털고 일어났다. 하지만 남아 있을 꼬마들을 위해 음악을 조금 더 들려주고 싶었다. 동요가 말 못 하는 아이들을 토닥거려 줄 것 같았다. 그런데 갑자기 아이들이 노래를 시작했다. 누구도 시키지도 않았는데 마치 저희끼리 약속을 한 듯, 반주에 맞추어 동요를 불렀다.

꼬마들은 지금 자신들이 벌을 받고 있다는 사실을 까마득히 잊은 듯했다. 모두 머리에 두 손을 얹은 그 자세 그대로 참새처럼 노래했다. 나는 깜짝 놀랐다. 어떻게 징벌과 음악이 함께할 수 있단 말인가! 꼬마들 입에서 저절로 나온 노래가 그치지 않았다. 어른들은 흉내 낼 수 없는 신비로운 감성. 그것은 마치 어른들을 향한 소망과 화해의 화음으로 들렸다. 나는 합창이 끝날 때까지 꼼짝달싹도 할 수 없었다.

"♪ 파란 하늘 맑은 하늘 흰 구름 둥실 떠가네 ♬"
"♪ 우리도 날아보자 높게 높게 날아 가보자 ♬"
"♪ 파란 하늘 맑은 하늘 흰 구름 흘러간다 ♬"
"♪ 우리도 흘러가자 빨리빨리 달린다 ♬"

꼬마들은 2절까지 줄기차게 불렀다. 동요가 끝나자 알 수 없는 평화로움이 내 몸을 감쌌다. 나도 무엇이든 보답하고 싶었다.
"애들아, 선생님 컴퓨터 잘 고치지?"
"예!"
꼬마들이 일제히 대답했다.
"그럼 박수!"

머리 위에서 있던 고사리손들이 자연스럽게 아래로 내려오고, 교실 안에 수많은 비둘기가 날아오르는 듯 박수가 터졌다. 에라 모르겠다. 나는 내친김에 1학년 1반 담임선생님 권한을 월권했다.
"좋아! 이제 끝! 모두 휴식!"

아이들이 자리에서 일어나 구슬을 부어놓은 것처럼 사방으로 흩어졌다. 어떤 아이는 친한 친구 옆으로, 어떤 아이는 교실 밖으로, 또 어떤 아이들은 서로 손을 잡고 운동장으로 달려나갔다. 나 또한 홀가분하게 우리 교실로 복귀했다.

눈물 사과

- 컴퓨터실에 흩날리던 달콤한 사과 향기

특별활동 시간, 중앙계단을 내려가서 컴퓨터실로 갔다. 그런데 컴퓨터실 문 앞에 4학년 아이가 혼자 서 있었다. 아이는 나를 보자마자 금방 눈물을 쏟을 듯 울먹였다. 왜 그러냐고 물으니 묵묵부답. 대충 감이 잡힌다. 저희끼리 서로 좋은 컴퓨터 자리를 차지하려고 자리 쟁탈전이 벌어졌을 터다. 수요일마다 있는 일이다.

4학년을 앞세우고 컴퓨터실에 들어가서 눈을 날카롭게 뜨고 아이들을 본다. 찬바람이 휑하니 실내를 한 바퀴 감아 돈다. 나는 한껏 목소리를 낮추고 물었다.

"누가 그랬냐?"

우리 학교에서 가장 키가 큰 6학년이 어슬렁거리며 앞으로 나왔다. 어깨를 들썩이며 우는 4학년한테 물었다.

"어디를 때리던? 몇 대나 맞았니?"

작은 아이가 갑자기 설움에 겨워 흑흑거리며 말한다.

"아까… 엉어…아…형아가… 해서….'

울음과 함께 나오는 말은 해석이 안 된다. 차가운 내 시선은 키다리 6학년을 향했다. 그러나 절대 때렸지 않았다고 한다. 주위에 있던 아이들한테 물어보니 6학년이 동생한테 폭력을 하지 않는 것이 확실한 것 같았다.

사연이 이러했다. 컴퓨터실 문이 잠겨 있었고 제일 먼저 컴퓨터실 앞에 온 6학년이 4학년한테 교무실에 가서 컴퓨터실 열쇠 가져오라고 시켰다. 그런데 4학년이 형님 말을 무시하고 싫다고 했단다. 할 수 없이 6학년이 열쇠를 가져와 문을 열었고, 4학년 더러 "너는 컴퓨터실에 들어오지 마!"라고 했다는 게 사건의 전말이었다. 졸지에 퇴출당한 아이는 너무 서러웠던 것이다.

이런 상황이 제일 난감하다. 직접 폭력을 쓰지 않았지만 4학년 동생이 슬프게 울 정도로 괴롭힘을 주었다. 그러니 대가를 치르게 하느냐 마느냐 무척 난감하다. 역지사지를 들먹이며 주저리주저리 훈계하면서도 시원한 해결 방법 떠오르지 않는다.

그러던 어느 순간, 6학년 눈이 뿌옇게 흐려지더니 그렁그렁 눈물이 맺힌다. 그리고 내가 시키지도 않았는데, 4학년에게 다가가 손을 잡고 말했다.
"미안하다. 동생아."
키 큰 6학년 모습이 측은해 보였던지 4학년도 목메어 답했다.
"괜찮다. 형님아."

　나는 아직 아무런 조치도 하지 않았는데, 키 큰 6학년과 키 작은 4학년이 화해했다. 눈물이 눈물에게 사과하고, 눈물이 눈물을 용서한다. 누군들 그 애틋한 눈물 사과를 받지 않겠는가? 컴퓨터실에 다시 평화가 찾아왔다. 아이들 자판 두드리는 소리가 콩 볶는 것처럼 신나는 수요일 특별활동 시간이었다.

지우개 자매

- 야무진 동생과 순진한 언니 이야기

아침에 교실 창문을 열었다. 밤새 눅눅해진 공기가 빠져나가고 신선한 공기가 들어왔다. 내친김에 골마루 창문까지 모두 열고 있는데, 옆 반 교실 문 앞에 꼬마 한 명이 서 있었다. 아무런 거리낌 없이 당당하게 고학년 교실 앞에 서 있는 걸 보니 1학년 하룻강아지가 분명했다. 그래서 말을 건네 보았다.

"몇 학년이야?"

"1학년인데요."

"왜 4학년 교실 문 앞에 서 있는데?"

"우리 언니한테 왔는데요."

"무슨 일로?"

"언니가 내 지우개를 가져갔는데 안 돌려줬어요."

열어놓은 교실 문안에 언니가 보였다. 열한 살짜리 언니는 교실 뒤쪽에 있는 사물함을 열어놓고, 열심히 지우개를 찾고 있었다. 그 언니가 아주 난감한 표정으로 나를 쳐다보았다. 동생은 빚 받으러 온 사람처럼 교실까지 따라와서 지우개 달라고 재촉하는데, 지우개는 아무리 찾아봐도 없고, 옆 반 선생님은 뭔 일인가 싶어 쳐다보고 있으니, 난감하기 짝이 없는 아이 마음이 바쁜 손끝에 묻어났다. 그래도 언니는 짜증 내지 않고 열심히 지우개를 찾고 있었다. 마치 아주 아주 어릴 때, 초롱초롱한 누나와 맹한 나를 보는 것 같았다.

국민학교 들어가기 전, 저녁 밥상을 물리고 밤이 이슥해지면 아버지는 누나와 나를 앉혀 놓고 천자문을 가르쳤다. 당신이 먼저 배울 부분을 읽어주시고, 누나와 내가 외워서 검사받은 서당식 공부였다. 우리는 아버지께서 가르쳐 주신 곳까지 정확히 외워야만, 포근한 이불에 들어가 잘 수 있었다.

"하늘 천, 따 지, 검을 현 누를 황…."

내가 제대로 외운 대목은 딱 그까지, 그다음부터 계속 틀렸다. 똑똑한 누나는 입에서는 그 어려운 한자가 또록또록하게 흘러나왔다.

"집 우, 집 주, 넓을 홍, 거칠 황…."

항상 누나가 먼저 포근한 이불 안으로 들어갔다. 나는 제대로 외우기는커녕 꼬박꼬박 졸기 일쑤였다. 참다못한 아버지가 졸음을 깨고 오라며 방에서 추방했다. 나는 내복 바람으로 희미한 불빛이 창호지에 어른거리는 방문만 바라보았다.

보이지 않는 지우개를 찾자니 얼마나 힘들겠는가? 아무래도 언니는 지우개를 못 찾을 것 같았다. 나는 우리 교실에 가서, 모아 둔 지우개 중 쓸

만한 것을 두 개 들고 야무지게 생긴 꼬마 채권자 앞에 섰다. 그리고 양 손에 지우개를 하나씩 들고 아이 앞에 내밀어 보였다.

"어떤 거 할래?"

아이가 묵묵부답이었다. 지우개가 마음에 들지 않는지, 공짜가 싫다는 것인지 불편한 기색이 역력했다.

"하나 골라봐? 왜?"

그랬더니 잠시 뜸을 들이더니 말했다.

"우리 집에 지우개 많아요."

오! 대답이 똑 떨어졌다. 진짜 야무진 꼬마였다. 낯선 사람의 선심에 주눅 들지 않고 당당히 말하는 아이가 의외로 기특하게 느껴졌다.

"그렇지만 지금 당장 없잖아. 오늘 공부할 때 필요할 건데."

꼬마가 양손에 든 지우개를 번갈아 보다가, 그중 하나를 골라서 쪼르르 계단을 따라 내려갔다.

나는 남은 지우개를 아침부터 진땀을 뺀 어린 언니한테 주었다. 아이가 부끄러운 듯 두 손으로 공손하게 받았다. 다행히 구경꾼 아이들이 몰려오기 전에 상황이 끝났다. 나도 후련한 마음으로 우리 교실로 돌아왔다.

둘이 다 똑같이 순하지 않아서, 둘이 다 똑같이 야무지 않아서 다행이다. 언니 동생은 그렇게 아옹다옹 자라겠지만, 매서운 바람 부는 어떤 날이면, 야무진 동생이 아버지처럼 흔들리는 언니의 바람막이가 되어 주겠지. 눈보라 치는 어떤 날이면 순한 언니가 엄마처럼 지친 동생을 보듬어주겠지.

그 시절 좁은 방 백열등 아래에서 울고 웃던 우리 형제처럼. 언제부터인가 아버지와 어머니가 차례로 보이지 않던 야속한 세월처럼.

못 말리는 이탈자

- 누군들 이탈을 꿈꾸지 않으랴

장마가 길게 이어지는 유월이다. 하늘이 한껏 흐려 교실이 어둑하다. 꼬마들은 어둠과도 친하다. 참새처럼 재잘대는 소리가 옅은 어둠과 함께 평화롭다. 교실에 들어서면서 벽 스위치를 올렸다. 형광등이 아이들 눈빛처럼 깜빡이더니 이내 환해졌다. 첫 시간 수업을 위해 어둠은 스스럼없이 물러가 주었다.

비 오는 날 생활 수칙은 '운동장에 나가지 않기'다. 쉬는 시간에는 더 조심해야 한다. 왜냐하면 운동장으로 간지 단 10분 만에 아이들은 엄청난 변신을 하고 돌아오기 때문이다. 물에 빠진 생쥐가 따로 없다. 산발한 머리칼과 젖은 옷 그리고 흙투성이가 된 바짓가랑이를 끌고 교실로 회귀한다. 그러니 꼬마 도깨비들을 일렬로 세우고 털고 닦아서 온전한 제모습을 찾아주려면 공부 시간을 절반이나 까먹는다.

어제는 급기야 몇몇 꼬마 도깨비들은 콧물을 찔찔거리며 감기 기운까지 보였다. 사정이 그러니보다 강화된 벌칙으로 으름장을 놓아야 한다. 나는 사뭇 비장한 목소리로 벌칙을 발표하였다.

"쉬는 시간에 운동장에 나가는 사람은 사흘 동안 벌 청소!"

둘째 시간이 끝나고 우유 마시는 시간이 되었다. 아이들이 작고 네모난 우유갑을 감싸 안고 아기처럼 꼴깍꼴깍 드신다. 그 틈을 이용해 나도 옥상으로 갔다. 내가 아직 흡연을 휴식으로 여기던 때였다. 비 온 뒤 학교 운동장은 황량하여 개미 한 마리도 없다. 나는 회색 하늘 아래서 구름과자를 먹고 있었다.

그런데 교실이 있는 본관에서 운동장 쪽으로 신나게 달리는 점 하나가 눈에 들어왔다. 암탉이 수많은 병아리 속에서도 제 새끼를 감지하듯, 나는 단번에 정체를 파악했다. 불과 10분 전 교실에서, 훌쩍거리는 콧물을 화장지로 닦아 준 꼬마 도깨비다. 아이는 쏜살같이 달려서 운동장 가운데 빗물이 얕게 고인 동그란 물웅덩이 앞에 우뚝 섰다. 그리고 서슴없이 바지춤을 내리더니 시원하게 볼일을 보았다.

일을 본 후 몸 떨림까지는 포착하지는 못했지만, 태연하게 지퍼를 올리고 사방을 둘러본 후, 총알같이 교실 쪽을 향해 달려가는 모습이, 마치 운동회날 손님 찾기 놀이를 하는 것 같았다. 아무도 모르게 숨어들어 끽연하는 스승, '아무렴 보면 어때!'하고 빗속에서 물총 놀이를 즐기는 제자, 우리는 같은 시간대에 해괴한 일탈을 하였다.

나는 아이보다 훨씬 높은 곳에서 내려다보고 있었지만, 아무래도 내가 한 수 아래라는 느낌을 지울 수가 없었다. 제각기 해방감을 누렸지만 아무래도 차원이 다른 것 같다. 나는 씁쓸해진 입안에 민트향 스프레이를 칙칙 뿌리고 옥상을 내려왔다.

셋째 시간이 시작되자, 아이들 향해 말했다.
"우유 마시고 나서 운동장에 나간 사람, 순순히 손들어 보시지."
그런데 이것 참 의외였다. 이탈자가 그 꼬마뿐만 아니었다. 여기저기 다른 녀석들이 손을 들고 자백했다.

내가 감지하지 못한 이탈자들이 어느 구석에서 어떤 해방감을 누리고 돌아왔는지 알 수가 없었다. 그나마 다행인 것은 그동안 비가 그쳐 누구도 비에 젖지 않았고, 모두 나름대로 자유를 즐기고 무사히 복귀했다는 사실이다.

하긴 길고 긴 장마에 어른들도 좀이 쑤시는데, 개구쟁이들이야 오죽하겠나 싶어 더 이상 따지지 않았다. 하지만 아이들 일탈은 자유로움에 가까웠고, 어른인 나는 모양새가 좀 그랬다. 그래서 내가 나에게 진심으로 부탁하는 마음과 뭉뚱그려 아이들한테 당부했다.
"애들아, 이제 우리 좀 그러지 말자. 응?"
아이들이 한목소리로 "예!"라고 화답했다.

색종이 놀이

- 색깔로 반짝이는 아름다운 세상 보기

미술 시간이다. 이번 시간 활동은 '색종이를 오려 모양 꾸미기'다. 형형색색 색종이를 교사용 책상에 펼쳐 놓고 은근히 아이들의 창작 욕구를 자극한다. 당장 제 손에 없는 것은 언제나 샘이 나는 눈망울들이 반짝거린다.

시범을 보인다. 색종이 한 장을 집어 올려 이리저리 마음 가는 대로 접는다. 그리고 싹둑싹둑 오려낸 다음에 활짝 펼치니 정사각형 색종이가 멋진 문양으로 바뀌었다. 꼬마들의 탄성과 박수가 쏟아진다.

이번에는 아이들 차례다. 아홉 살 인생들에게 당부한다. 제발 덤비지 말고 천천히 아주 천천히 멋진 작품을 만들어 보자고. 하지만 말 떨어지기 무섭게 한 아이가 앞으로 나온다. 그사이를 못 참고 뎅강뎅강 오려버린 색종이를 들고 와서, 새것으로 바꾸어 달란다. 이럴 때는 본보기로 단호하게 거부해야 하지만, 미술 시간이 너무 많이 남았다. 그래서 "옛다!" 하고 새 색종이를 건네준다.

잠시 뒤, 아이들이 줄지어 나와 묻는다.

"이렇게 하면 맞나요?"

"잎사귀 모양은 어떻게 접어요?"

"꽃잎은 이렇게 접어 보면 어떨까요?"

"선생님, 내 가위가 없어졌어요. 어디 갔죠?"

질문과 요구사항이 끝없다. 너무 예쁜 색종이라서 선뜻 가위를 대지 못하는 참새 가슴들이 앞으로 나와서 꼬리에 꼬리를 물고 줄을 선다. 잘못된 부분을 접어주고 대신 잘라준다. 급기야 몇몇은 손가락이 너무 아파서 색종이를 오리지 못하겠다고 엄살을 피운다. 이러다가 내가 다 해줄 판이다. 그때 똑똑한 아이가 손을 들고 질문한다.

"선생님이 도와주면 감점되지요? 맞죠?"

아주 감사하고 적절한 질문이다. 선생님은 더 이상 도와주지 않을 테니 각자 스스로 노력하라고 선언한다. 그런데 얼마 안 있어서, 제일 처음에 나왔던 아이가 나와 또 손을 내민다.

"선생님, 망쳤어요. 한 장만 더 주세요."

"안돼! 넌 벌써 두 장 다 썼어!"

아이는 멈칫하며 손길을 거둔다. 그리고 입이 삐쭉거리면서 교탁 위에 있는 색종이와 나를 번갈아 본다. 슬프디슬픈 눈에서 금방 눈물이 쏟아질 것 같다. 아무리 규칙이라지만 색종이 한 장 때문에 아이를 울릴 수 없기에 필요한 색깔로 딱 한 장만 더 가져가라니까, 얼른 초록색 색종이

를 집는다. 아이는 색종이 한 장을 팔랑팔랑 흔들어 보이며 발레를 하듯
빙그르르 한 바퀴 돈다.

"나는 초록색이 좋아. 초록색이 좋아."

작은 종이 한 장으로 그렇게 행복해한다. 색종이가 그냥 종이가 아니
라 마법 주단같이 느껴졌다. 네모 반듯한 일상에서 햇빛이 그려내는 세
상 색깔에 무심하지 않으면, 누구나 고운 문양 하나쯤은 오려 낼 수 있
을 듯하다.

6장

미소

폼생폼사

- 선생님, 바지는 괜찮으신가요?

해방이 왔다. 드디어 6학년에서 벗어나 4학년 담임이 되었다. 아, 4학년! 초등학생 중에서 제일 초등학생 같은 아이들! 내리 3년 동안 6학년 담임을 하면서 산전수전 다 겪고 보니, 교직 생활 신선도가 급감하던 차였다. 그러니 '4학년쯤이야 캥거루처럼 아기 주머니에 넣고 다니며 가르칠 수 있겠다' 싶었다.

아이들과 만난 지 이틀째, 하필 체육 시간이 있는 날 비가 왔다. 아쉽게도 그날은 우리 반이 강당을 사용할 수 있는 날이 아니라서 자칫하면 체육을 못할 판이었다. 시간이 갈수록 빗줄기가 점점 굵어졌다. 그래도 아이들은 체육 하자고 졸랐다.

"비가 오는데? 운동장이 흠뻑 젖었는데?"

내가 거부할수록 아이들은 몸이 달았다. 이럴 때 선생님의 능력을 보여주어야 점수를 딴다.

나는 여기저기 전화를 걸어서, 기어코 다른 반이 사용할 강당을 빌리는 데 성공했다. 이른바 '강당 돌려막기'였다. 나는 어린양들을 데리고 의기양양하게 강당을 향해 갔다. 그리고 강당에 들어서자마자 아이들을 자유롭게 방목했다. 달리고 싶었던 아이는 신나게 달리게 하고, 소리 지르고 싶은 아이는 목청껏 소리 지르게 하고, 바닥에 눕고 뒹굴고 기고 싶었던 녀석들은 기꺼이 옷으로 바닥 청소를 하게 해 주었다.

또한 나는 들뜬 아이들이 흐트러지는 시점을 잘 알고 있다. 저희끼리 장난을 걸다가 티격태격 말다툼이 시작되고, 누군가 울고불고하면서 난리를 치기 직전에 힘차게 호루라기를 불었다.

"모두 집합!"

이제 진짜 재미있는 체육 시간 시작이다. 나는 이미 준비되어 있었다. 숙련된 조교처럼 강당 무대에 올라 매의 눈으로 아이들을 바라보았다. 그리고 앞으로 체육 시간에 지켜야 할 수칙을 발표했다.

"첫째 안전, 둘째 규칙 지키기, 셋째 심판 말에 복종. 이 세 가지를 잘 지키면 행복한 체육 시간이 될 것이요. 그렇지 않으면 국물도 없다. 좌우로 나란히!"

아이들이 교실과는 또 다른 절도 있는 선생님 모습에 선망 어린 눈빛을 보냈다. 이제 준비체조 시범 동작만 보여주면 아이들은 미처 몰랐던 나의 매력에 푹 빠질 것이다. 오합지졸인 군사를 지휘하는 장교의 위엄이랄까. 그것이 내 비장의 무기 이른바 '폼생폼사'이다.

순서대로 먼저 팔 운동과 다리 운동을 차례대로 시범을 보였다. 아이들도 상기되어 열심히 따라 했으나 교관은 만족스럽지 않았다. 어린 병사를 향해 크게 소리치며 세 번째 팔다리 운동을 선보였다.

"자, 팔을 앞으로 쭉 뻗고 무릎을 조금 굽히면서 내린다!"

과연 각이 딱딱 서 있는 구분 동작. 그런데 팔을 앞으로 쭉 뻗고 무릎을 굽혀 자세를 낮추는 순간, 바지 밑에서 '뿌욱!' 하는 소리가 났다. 뭔가 시원했다. 순식간의 일이었다. 깜짝 놀라서 손을 뒤로 가져가 보니 바지가 터졌다. 동작이 너무 컸다. 게다가 옷을 갈아입기가 귀찮아서, 체육복 윗도리만 걸치고 아랫도리는 그냥 양복바지 차림을 한 탓이었다.

한 뼘이 넘게 찢어진 바지 틈 사이로 시원한 바람이 솔솔 들어왔다. 수습 불능이었다. 나는 강당 무대 위에서 슬금슬금 옆으로 게걸음을 치며 걸었다. 그리고 강당 무대 한쪽에 있는 낮은 계단에 조심스럽게 걸터앉아서, 당당한 표정을 거두고 부드럽게 제안했다.

"애들아, 우리 오늘은 그냥 자유시간 하자."

아이들은 왜 갑자기 준비운동을 안 가르쳐 주냐고 따지지 않았다. 오히려 한껏 가벼워진 익룡처럼 꺅꺅거리며 강당을 뛰어다녔다. 게다가 숙달된 조교가 지시하지 않아도 아무 탈 없이 사이좋게 잘 놀아주었다. 나는 야심 찬 폼생폼사를 접고 늙은 고양이처럼 조신하게 앉아 지켜보기만 하였다.

다음 날 어떤 아이가 일기장에 이렇게 썼다.

"멋진 선생님, 어제 체육 해 주셔서 감사해요. 그런데 바지는 괜찮으신 가요?"

누가 선생이고 누가 학생인지, 아무래도 거꾸로 된 것 같았다. 일기장 검사를 마치고 스스로에 대한 자기 고백적 행동발달상황을 적어 보았다.

친구들과 비교적 사이좋게 지내는 편이나, 분위기에 휩쓸려 필요 이상으로 의욕이 앞서고, 그 결과 스스로 난처한 상황을 초래하는 경우가 더러 있음.

빨간 돼지를 찾아서

- 하마터면 물 건너갈 뻔한 책거리

창원 이모님이 오셨다. 이번에는 아예 며칠을 묵어가실 요량으로 옷 보따리까지 챙겨 오셨는데 썩 반갑지 않았다. 우리 엄마의 친언니도 아니고 나이도 겨우 한 살 차이인데 너무 어른 노릇을 하신다. 순하디순한 우리 엄마는 낮에는 삼시 세끼 따뜻한 밥을 대접하고 밤에는 늦도록 말 동무해 드렸다.

오늘 아침만 해도 그랬다. 이모님은 눈뜨자마자 선심 쓰듯 만 원짜리 지폐 한 장을 척 꺼내 놓으며 말 하셨다.

"동생, 오늘이 장날 이제? 우리 삼계탕이나 해서 묵어보세"

자신은 허리가 안 좋다는 핑계로 꼼짝도 안 하면서, 이 더운 여름날 생닭을 사 와서 삼계탕을 만들라니 그게 가당키나 한 말씀인가?

내가 출근하려고 현관문을 나오다가 돌아서서, 이모에게 뭐라고 한마디 하려고 입을 달막달막 했는데, 엄마가 웃으면서 눈을 깜빡여 참으라는 신호를 보내는 바람에 그냥 집을 나왔다. 그런 갑갑한 날이면 교실에 꼭 무슨 일이 터진다.

"선생님 돼지가 없어졌어요!"

교실에 들어가니 아이들 목소리가 우박처럼 쏟아졌다. 교사용 책상 위에 복스럽게 웃고 있던 우리들의 돼지 저금통. 십시일반 코 묻은 동전을 받아먹고 무럭무럭 자라던 돼지 저금통. 학년을 마칠 때 빨간 돼지 잡아 책거리하자던 계획이 물 건너가게 생겼다.

"모두 제자리로 가거라!"

교실을 서성대는 아이들을 자리에 앉혔다. 그 속에 그 아이도 있었다. 나는 예정에 없던 훈화를 시작했다. 바늘 도둑과 소도둑 이야기를 말머리로, 도덕책에 나오는 정직한 생활을 복습시키고 교실의 평화를 위한 제안을 했다.

"지금부터 모두 눈을 감고 저금통을 가져간 사람은 살며시 손들기."

아무도 손을 들지 않았다. 그럴 줄 알았다. 자백이나 물증이 없으면 반성도 교육도 없다.

나는 물증에 일말의 기대를 걸고 두 번째 과정을 밟았다.

"가방과 호주머니에 있는 물건을 모두 책상 위에 올려라."

하지만 돼지는 이미 누구의 손에 의해서 교실을 떠난 뒤였다. 심증만 있을 뿐 물증이 없다. 나는 깊은 고민에 빠졌다. 벌써 세 번째 분실사건이다. 어떻게 하든 바늘과 소 사이 어디쯤에서 긴장하고 있는 그 아이를 구출해야 한다.

퇴근 후 집으로 돌아오니 삼계탕이 기다리고 있었다. 그것을 먹는 동안 이모님은 자기 아들이 사주었다는 건강기구 내놓고 목하 자랑 중이었다. 홈쇼핑에서 광고하는 고주파 치료기였다. 이모님은 겸사겸사 아들 자랑까지 곁들였고, 속없는 우리 엄마는 마냥 웃으시며 장단을 맞추었다. 그때 나는 뽀로통하게 수저질만 하고 있었는데, 머릿속으로 번개 같은 그 무엇이 스치고 지나갔다.

이튿날 아침, 아이들 앞에서 돼지 저금통에 대해 엄숙하게 말했다.
"선생님하고 친한 친구가 경찰서 형사님이시다."
아이들 시선이 일시에 집중되었다. 그 아이도 움찔하는 눈빛이었다.
"돼지 저금통은 우리 공동의 기쁨이었다. 그런데 우리는 돈뿐만 아니라 소박한 믿음도 함께 잃어버려서 서로 의심하는 지경까지 왔다. 이래서는 안 된다. 그래서 할 수 없이 선생님 친구의 도움을 받기로 했다."

나는 이제껏 한 번도 시도하지 않은 새로운 대응을 발표하였다.
"내일 아침 열 시에 형사님이 거짓말 탐지기를 가지고 오실 것이다. 돼지 가져간 사람은 오늘 학교 마칠 때까지 돌려주기 바란다. 마지막 기회다."
최후통첩하고 반응을 기다렸지만, 그 아이는 흔들리지 않았다.

다음날, 나는 007 가방처럼 생긴 고주파 치료기 가방을 들고 학교로 갔다. 그리고 교탁 위에 올려놓고 말했다.
"형사님이 갑자기 사건이 발생해서 못 오시게 되었다. 그래서 대신 장

비만 빌려왔다."

나는 가방을 열어 내부를 공개하였다. 복잡한 전선에 센서가 부착되어 있고, 수치를 나타내는 다이얼을 돌리니 여러 색깔의 불빛이 반짝거리며 의미 있는 신호를 보냈다.

나는 진짜 형사처럼 말했다.

"이제 선생님은 컴퓨터실에서 기다리겠다. 번호 순서대로 한 사람씩 들어와 센서에 손만 살짝 올려주기만 하면 된다. 협조 바란다. 이상!"

출석번호 1번 아이가 컴퓨터실에 들어왔다. 나는 가방을 닫아 놓고 아이를 맞이하였다. 1번 아이 어깨를 두드리며 넌 정직하니까 검사받을 필요가 없겠다고 했다. 대신 부모님은 잘 계시냐, 공부는 할 만하냐, 요즘은 친구 사이는 어떠냐 등 개별상담으로 시간을 보냈다. 2번도 3번도 또 그 다음 번호 아이들도 모두 그런 식으로 개별상담 진행을 하였다.

마침내 그 아이 차례가 되었다.

"네가 정말로 잘못이 없나?"

아이는 묵묵부답이었다. 나도 한참을 입을 닫고 있다가 말했다.

"정직하지 않으면 선생님이 더 이상 너를 도울 수 없을지도 몰라"

아이가 알아들을 수 있을지 몰라도 그건 진심이었다. 나는 조용히 007 가방을 열었다. 하지만 아이 손이 가방 쪽으로 선뜻 올라오지 않았다.

내가 아이 손을 잡아 센서 쪽으로 이끌었다. 아이가 화들짝 놀라며 얼른 손을 등 뒤로 감추었다. 다시 물었다.

"너도 이 검사 안 받고 싶지?"

아이가 기다렸다는 듯 고개를 끄덕였다. 그 후 상담은 미끄럼 타듯 빠르게 지나갔다.

다음 날 아침, 교탁 위에는 가출했던 돼지가 돌아와서 활짝 웃고 있었다. 우리 반 아이들은 범인이 누구냐고 묻지 않았다. 나도 쥐가 물고 갔다가 돌려주었는지, 고양이가 가지고 놀다가 제자리에 갖다 놓았는지 말하지 않았다.

그날 이후 그 아이는 밝고 순한 본래 모습으로 돌아왔다. 창원 이모님에게 고주파 치료기를 빌려 쓸 일도 없어졌다. 다만 아이처럼 호기심 많은 이모님은 "조카님, 도대체 그 물건을 뭐하러 학교에 가져 갔노?" 하고 물었다. 나는 못 들은 척 입을 딱 다물었다.

여우와 신포도

- 미남? 그것 아무짝에도 쓸모없습니다

어느 날, 여우 한 마리가 길을 가다가 높은 가지에 매달린 포도를 보았다.

"참 맛있겠다."

여우는 포도를 따 먹고 싶어서 펄쩍펄쩍 뛰어 보았다. 하지만 포도가 너무 높이 달려서 닿지 않았다. 여우는 다시 한 번 힘껏 뛰어 보았다. 여전히 포도에 여우 발이 닿지 않았다.

－『이솝 이야기』 앞부분

선생 똥은 개도 안 먹는다는 속설이 있다. 지당한 말씀이다. 온종일 개구쟁이 등쌀에 속이 상할 대로 상해 나온 것이니, 지나가던 견공이 피해 갈 법도 하다. 초등학교 선생님들은 쩨쩨하다는 말 또한 일리가 있다. 매일 철부지들 속에서 아옹다옹 살다 보면, 나도 모르게 아이 수준이 된 나를 발견하고 놀랄 때가 있다.

1학년 담임을 맡으면 1학년 수준이 되고 6학년 담임을 맡으면 6학년 수준이 된다는 말이 괜한 말이 아니다. 4학년 반을 맡은 난 4학년 수준으로 살고 있다. 그런데 요즘 우리 반 녀석들이 아주 드러내 놓고 나더러 늙었다고 한다. 며칠 전, 꼬맹이가 얼떨결에 나를 이렇게 불렀다.

"할아… 아참! 엄마… 아니 선생님!"

'할배 같다.' '뚱뚱하다.' '이상하게 생겼다.' 이런 말이 얼마나 치명적인 아픔을 주는지, 열한 살 인생들이 알 턱이 있겠는가? 이 모두가 옆 반 선생님들 때문이다. 나만 빼고 모두 젊은 선남선녀들이기 때문이다. 그래서 기회가 있을 때마다, 아이들에게 "자세히 봐라. 선생님 아직 괜찮다. 볼만하거든!"이라며 세뇌한다.

여느 날과 다름없이 교실에는 일기나 숙제를 안 해온 개구쟁이들이 남았다. 그런데 녀석들이 제 할 일은 안 하고 선생님 앞에서 콩닥콩닥 잡담만 늘어놓고 있었다. 보다 못해 한마디 했다.

"어이, 꼬마들 빨리 숙제하고 집에 가시지."

그랬더니 녀석들이 못 들은 척 대꾸도 하지 않는다. 꼬마들은 꼬마라는 호칭을 매우 싫어한다. 그래서 다시 한 번 말했다.

"어이, 미남들! 빨리 숙제 안 할 거야!"

그랬더니 째깍 반응이 왔다. 일명 빠박이 성흠이가 씨익 웃으며 말한다.

"우리 중에서 누가 제일 미남인데요?"

대답해 주려고 올망졸망 앉아있는 꼬마들 얼굴을 비교 관찰하였다.

나름 귀엽기는 하지만, 솔직히 말해 미남이라 할 수 없는 도토리 같은 얼굴들이었다. 그래서 상처받지 않게 살짝 농담을 섞어 정직하게 말해주다.

"일단 선생님이 제일 미남이고 너희들은 잘 모르겠다."

그런데 내 말을 들은 꼬마들의 반응이 갖가지다. 지태는 중얼거렸다.

"나는 뭐 원래 미남도 아닐 뿐이고."

동영이는 무슨 생각을 했는지 저 혼자 비시시 웃고만 있다. 동승이는 빨리 일기 쓰고 축구 하러 가야 한다는 일념으로 책상에 코를 박고 있다. 하지만 단 한 명, 아까 질문했던 빠박이 녀석이 딴지를 걸었다.

"그래도 우리는 안 늙었잖아요."

요 녀석이 기어코 민감한 나이를 들먹여서 반격을 가한다.

"뭐라고! 내가 어디가 늙었냐? 짜샤!"

뚜껑에서 슬슬 김이 솟지만 더 이상 쫀쫀하게 따지다가는 나만 손해다. 그래서 미남의 품위와 교사의 체면을 유지하기 위해서 참았다. 농담 끝에 분위기는 싸늘해지고 아이들 연필 소리만 사각사각 들린다.

꼬마들은 아무렇지 않은데 나 혼자 외톨이처럼 심각해진다. 이렇듯 요즘 체중 30kg 남짓하고 신장 약 130cm 정도 되는 꼬맹이들 때문에 가끔 토라진다.

믿을 사람은 나밖에 없다. 스스로 치유해야 한다. 아이들 등 뒤를 돌아서 교실 뒤편에 있는 벽걸이 거울 앞으로 간다. 옆으로 서서 표시 나지 않게 슬쩍 거울 속 나를 쳐다본다. 거울 속에 중늙은이가 나를 바라본다. 아랫배에 약간 힘을 주고 손가락으로 머리를 옆으로 쓸어 넘겨 봐도 더는 미남은 아닌 것 같다. 그래도 사람은 괜찮아 보인다. 내가 선생님을 오래 해봐서 아는데, 미남, 그것 아무짝에도 쓸모없다.

> 여우는 포도나무를 향해 몇 번을 뛰어 보았지만 실패했다.
> 결국, 포도를 따 먹지 못한 여우가 돌아가면서 말했다.
> "저 포도는 너무 시어서 맛없을 거야."
>
> — 『이솝 이야기』 끝부분

축구 열전

- 자네 혹시 프로팀 감독 맡아 볼 생각 없나?

젊은 남자들이 모이면 제일 많이 하는 이야기가 군대 이야기다. 두 번째로 많이 하는 이야기는 축구 이야기고, 세 번째는 군대에서 축구 한 이야기란다. 나도 그렇다. 총각 시절이었다. 공원에서 그녀와 데이트하는데 근처에서 아이들이 축구를 하고 있었다. 나는 잠시 대화를 멈추고 축구 구경을 했다. 그런데 그녀가 갑자기 "참, 이상한 사람도 다 있네."라고 하더니 빨딱 일어서서 가버렸다. 나중에 알고 보니 나는 30분 넘게 입을 닫고 축구공을 따라 이리저리 고개만 돌렸던 것이다.

유년 시절에 내가 제일 받고 싶었던 선물이 축구화요. 제일 탐나는 옷이 등 번호가 적힌 축구 유니폼이었다. 내가 제일 오르고 싶던 자리는 교장 자리가 아니라, 조기 축구팀 오른쪽 날개 공격수 자리였다. 그런데 어느 해, 나는 엉겁결에 그 영광을 누리게 되었다. 지금부터 그 이야기를 하려는데, 이야기가 축구인만큼 길어질 수밖에 없는 점을 참고 바란다.

새 학년 담임 배정이 발표되었다. 그 교장은 나를 기피 학년인 6학년에 다시 주저앉혔다. 회식 자리에서 교장에게 쓴소리하다가 괘씸죄에 걸린 것이다. 지난해 함께 했던 6학년 선생님들은 모두 원하는 학년으로 내려갔지만, 나만 낙동강 오리알이 되었다. 하지만 그 야만스러운 보복에도 내 영혼이 털끝만큼도 흔들리지 않은 것은 바로 축구 덕분이었다.

매주 수요일 특별활동 시간이 되면, 나는 체육복을 갈아입었다. 운동장에는 4학년부터 6학년까지 40명이 넘은 아이들이 나를 기다리고 있었다. 그날도 호루라기를 삑삑 불며 운동장을 뛰어다니고 있는데, 아이 한 명이 쭈뼛쭈뼛 다가와 이렇게 말했다.

"감독님, 저는 종이접기부인데요. 축구부에 넣어주시면 안 돼요?"

감독님? 아! 축구 감독. 그 순간 마음속에서 쿵쾅쿵쾅 방망이질하는 소리가 들렸다. 그래! 특별활동 축구부 담당 선생님이 아니라 축구 감독이다! 축구부를 만들자! 그즈음 초등학교마다 축구클럽 붐이 일어났다. 인근 부자 동네 학교는 외부코치를 영입하고 축구클럽을 만들어 운영하였다. 우리 학교는 그럴 형편이 되지 못했다. 나는 맨땅에 헤딩하듯 모든 걸 혼자 맡았다. 감독, 코치, 팀닥터, 빵 셔틀 등등!

먼저 학교 대표선수를 선발했다. 선발 조건은 남들보다 한 시간 일찍 학교 와서 연습할 수 있는 고학년으로 했다. 그랬더니 공을 차고 싶어 안달이 난 아이 23명이 지원하였다. 우리는 공포 외인구단이었다. 학교 측에서 빵 하나 음료수 한 병 지원해주지 않았지만, 아이들은 상쾌한 아침에 하늘 위로 뻥뻥 공을 차올리는 것만으로도 행복해하였다.

마침내 교육장기 초·중학교 축구대회 날이 되었다. 나는 아침 연습을 포기하지 않는 아이들을 모두 대회에 데려갔다. 누구도 우리의 출전을 권하지 않았지만, 돈키호테처럼 깃발을 올리고 대회장으로 갔다.

일 차전은 벌떼 작전을 준비하였다. 벌떼처럼 달라붙는 작전이 아니라, 꿀벌이 수시로 벌통을 드나드는 것처럼, 자꾸자꾸 후보 선수를 교체하는 것이다. 그래서 승패와 상관없이 후보를 포함한 선수 전원이 한 번씩은 잔디 구장을 밟아보게 하는 것이 목표였다. 그런데 이게 웬일인가? 첫 경기를 치를 상대 팀이 갑자기 기권하였다. 전혀 반갑지 않은 부전승이었다. 까딱하면 후보 선수들은 엉덩이로 의자만 데우고 있을 판이었다.

예선 두 번째 경기 상대는 부잣집 동네 학교 축구팀이었다. 우리 선수들은 체육 시간에 입는 체육복 차림인데, 그 팀은 등 번호에 선수 이름까지 적힌 멋진 유니폼을 입고 있었다. 게다가 어떤 사람이 뒷짐을 지고 우리 쪽으로 오더니, 이상한 말을 흘렸다.

"힘들 텐데…. 저 학교 감독은 선수 출신 감독이라던데…."

은근히 우리 선수들 기를 미리 꺾어 보려는 수작이었다. 초짜 감독은 갑자기 맹렬한 전의가 불타올랐다.

경기가 시작되자, 온몸이 근질근질했던 우리 선수들은 상대방이 정신을 못 차릴 정도로 휘몰아쳤다. 종료 호각이 울리고 정신을 차리고 보니 우리가 1대 0으로 이겼다. 우리는 당당히 2연승을 거두어 8강이 겨루는 본선에 진출했다. 이게 무슨 일인가! 우리는 얼떨떨했다.

다음날 공설운동장에서 본선 경기가 열렸다. 관중석에는 상대 팀 학부모들이 진을 치고 북과 꽹과리를 울리며 필승을 외치고 있었다. 상대편 감독과 코치 그리고 선수들 표정이 한껏 비장했다. 우리 팀과는 대조적이었다. 우리 선수들은 생전 처음 공설운동장 축구 경기장에 서 있다는 것만으로 신기하고 행복했다. 감독인 나도 어린 선수들도 모두 국가대표가 된 기분이었다. 느낌이 좋았다. 이번 경기 작전명은 하룻강아지.

범 무서운 줄 모르는 하룻강아지처럼 무조건 돌격! 상대편이 긴장하고 있을 때, 자기 위치에 상관없이 모두 축구공을 따라 겁 없이 달려드는 작전이었다. 상대 선수들은 듣도 보도 못한 전술에 당황하여 허둥지둥했다. 전반 15분경 우리가 보란 듯이 선제골을 넣었다. 상대편도 곧바로 동점골을 넣었다. 후반전, 접전 끝에 다시 우리 공격수의 슛이 네트를 갈랐고 이내 경기가 종료되었다. 또 이겼다. 자랑스러운 하룻강아지들은 태극전사처럼 서로 얼싸안고 춤을 추었다.

대망의 4강 준결승. 강력한 우승 후보인 상대는 뛰어난 개인기와 조직력을 보유하고 있었다. 진짜 감독처럼 생긴 상대편 감독이 시종일관 운동장을 향해 꽥꽥거렸고, 젊은 코치는 날렵하게 작전 지시를 했다. 장난이 아니었다. 전반 초반 우리는 순식간에 두 골을 먹었다. 이후 계속 고전을 면치 못하다가 전반전을 0:3으로 마쳤다. 어린 선수들이 가쁜 숨을 몰아쉬며 힘들어했다.

후반전, 마침내 우리도 한 골을 넣었다. 점수는 1:3. 시소게임은 계속되었지만, 추가 골이 터지지 않았다. 마음이 바빴다. 더 이상 선택의 여지가 없었다. 나는 불꽃 같은 승부욕을 접고 결단을 했다.

몽땅 떨이 작전! 주전 선수 5명을 빼고, 그동안 출전하지 못한 후보 5명 모두를 투입하였다. 무려 10명의 선수가 들락날락하느라 경기가 잠시 중단되었다. 그때 갑자기 운동장에 서 있던 우리 학교 선수 하나가 나를 향해 큰 소리로 말했다.

"감독님! 후보들을 공격 자리에 넣으면 어떡해요!"

나에게 최초로 감독이라고 호칭한 5학년 아이였다. 아이 목소리가 워낙 커서 심판조차 깜짝 놀라 나를 쳐다보았다. 아이는 모두가 한 번씩은 잔디 구장을 밟아보자던, 우리들의 약속을 까맣게 잊고 있었다. 어쨌든 경기가 속개되고 우리의 후보 선수들은 죽을 둥 살 둥 운동장을 뛰어다녔다. 그러나 최종 결과 1:4로 경기를 마쳤다.

아무도 화내거나 울지 않았다. 나는 땀방울이 송골송골 맺힌 아이들 얼굴을 하나하나 닦아주었다. 기특하고 사랑스러운 선수들이었다. 우리는 마지막으로 잔디 구장을 배경으로 기념사진을 찍었다. 그런데 공설운동장 드높은 스피커에서 나를 찾는 방송이 쩡쩡 울려 퍼졌다.

"촉석초등학교 감독님은 본부석으로 오셔서 트로피와 메달을 수령 해 가시기 바랍니다."

초짜 감독은 준결승에 오른 두 팀이 공동 3위가 된다는 대회 규정을 모르고 있었다. 주장과 나는 눈썹을 휘날리며 달려가서 금빛 트로피를 안고 왔다. 어린 선수들이 환호성을 울렸다. 아이들이 텔레비전에 나오는 국가 대표처럼 커다란 트로피를 앞세우고 트랙을 돌았다.

샤방샤방 빛나는 그 모습을 보니 뭉클해서 눈물이 찔끔 나왔다. 나는 고개를 숙이고 히딩크처럼 천천히 잔디 구장을 걸었다. 그때 누군가 뒤에서 내 어깨를 톡톡 치며 '자네 혹시 프로축구팀 감독을 맡아볼 생각 없나?'라고 말할 것은, 그야말로 느낌적인 느낌이 왔다. 그래서 슬그머니 뒤돌아보았다. 물론 아무도 없었다.

소원을 말해 봐
- 소원을 펼치는 것과 접는 것에 대하여

　겨울방학이 가까워졌다. 방학식 할 때까지 오전 수업이다. 열세 살 인생들은 문을 열고 들판으로 뛰쳐나가려는 망아지처럼 흥분하기 시작했다. 그러나 담임은 바쁘다. 그날도 학년 말 잡무로 눈코 뜰 새가 없는데, 녀석들은 수업을 마쳤는데도 냉큼 교실을 떠나지 않고 시끌벅적 훼방을 놓았다.

　"선생님!"

　누군가가 부르는 소리가 들렸다. 들으나 마나 시시껄렁한 질문일 터이다. 나는 대답 대신 책상에 코를 박고 업무에 집중했다. 잠시 후 또 부르는 소리가 들렸다.

　"선생님?"

　이번에는 쳐다보지 않고 건성으로 대답해 주었다.

　"듣고 있다. 말해라."

　그런데 쓰다 달다 말이 없다. 나도 개의치 않고 돌부처처럼 일만 했다.

　그런데 조금 있다가 또 "선생님!"하고 불렀다. 아이들이 왜 이리 눈치 없는지, 이 녀석들이 바쁜 선생님 잡고 장난하자는 거냐 싶었다. 나는 모니터에 눈을 떼지 않고 낮은 목소리로 경고했다.

"선생님 바쁘다. 장난치지 마라."

"선생님, 사랑해요."

응? 사랑? 애들이 오늘 갑자기 왜 이러나? 점심을 잘못 먹었나? 뚱딴지 같은 소리에 번쩍 고개를 들고 아이들을 쳐다보았다.

그런데 이게 웬일? 아이들은 아무도 날 쳐다보지 않았다. 저희끼리 휴대폰 하나를 둘러싸고 열심히 수다를 떨고 있었다. 그러니까 지금까지 나한테 하는 말이 아니라, 휴대폰 속 인물에게 한 말이었다. 주인공은 바로 지난주에 우리 교실에 왔던 교생 선생님이었다. 아이들은 휴대폰 액정 속에 있는 교생 선생님에게 아낌없는 애정을 표했다.

"선생님, 사랑해요."

"선생님, 보고 싶어요. 잉잉."

"선생님, 우리 교실에 언제 오실 거예요?"

에라이! 나는 벌떡 일어나 교사 휴게실로 와서 벌컥벌컥 냉수를 들이켰다. 젊은 교생 선생님들이 오자마자 추락한 내 인기는, 그들이 교생실습을 마치고 돌아가고 나서도 회복되지 않았다. 찬물을 들이키니 정신이 들었다. 이대로 안 된다. 예전에 인기를 다시 찾아야 한다.

다음 날 아침, 나는 우리 반 아이들한테 쪽지를 나누었다.

"각자 바라는 소원을 적어라. 무엇이든 좋다."

아이들이 '웬일?' 하는 표정을 짓더니, 긴가민가 소원을 적어냈다.

- 여자들끼리 모둠 활동 하고 싶어요.
- 선생님들이 다니는 중앙 현관으로 다니고 싶다.
- 일주일에 하루만이라도 우유에 제티를 타 먹게 해 주세요.
- 수업 시간에 교실 바닥에 누워 잠자고 싶어요.
- 언제 한번 학교에서 함께 컵라면 끓여 먹어요.
- 나 혼자 칠판을 예쁘게 꾸미며 친구에게 보여주고 싶어요.
- 쉬는 시간에 선생님하고 축구하고 싶습니다.
- 선생님 식빵 복근 보여주세요.

나는 칭찬 쿠폰을 팍팍 풀고, 그것을 빌미로 아이들 소원을 거의 다 들어주었다. 다만 식빵 복근은 아직 많이 부풀어 있는 상태라 차마 보여주지 못했다. 어쨌든 바닥을 기던 내 인기가 차츰 회복할 기미를 보였다.

그런데 김유리가 자기는 저번에 소원을 적지 못했다면서, 꼭 이루고 싶은 소원이 있다고 했다. 이미 유효기간은 지났지만, 아이 바람을 야박하게 거절할 수가 없었다. 왜냐하면, 유리는 아침 일찍 등교해서 교실에 있는 모든 창문을 활짝 열어 주기 때문이다. 게다가 창문에 서서 멀리 운동장을 걸어오는 친구들과 선생님을 향해, 두 팔로 커다란 하트를 날려 주었다.

"그래, 네 소원이 뭐냐?"

"하나는 골마루 이쪽에서 골마루 저쪽 끝까지 신나게 달려 보는 것이고요. 또 하나는 선생님하고 야자 타임 해보는 거요."

어랍쇼. 맹랑한 녀석이다. 하지만 그 엉뚱함이 재미있었다. 나는 당장 첫 번째 소원을 들어주었다. 우리는 이른 아침에 학교에 와서, 1층에서 현관에서 망을 봐주고, 유리는 아무도 없는 4층 긴 골마루 자유롭게 달렸다. 그렇지만 두 번째 소원은 좀 망설여졌다.

왜 굳이 야자 타임을 하고 싶은지 감이 잡히지 않았다. 아동기와 사춘기 사이에 걸터앉은 열세 살 청춘의 반항심 같은 것일까. 아니면 아주 어릴 때, 누구에게나 반말을 하며 말을 배우던 시절 어리광 같은 것일까. 과연 내가 그 낯선 대화를 자연스럽게 이어갈 수 있을까?

생각해 보면 교사와 학생 간 대화는 항상 높임말과 낮춤말로 일방적이긴 하다. 그리고 까짓 야자 타임 한번 한다고 교실이 뒤집어질 일도 없다. 그런데도 나는 하기 싫은 숙제처럼 차일피일 약속을 미루었다.

졸업식이 가까워진 어느 날, 체육 시간만 되면 몸이 아프다는 핑계로, 나무 밑에서 수다를 떨고 있는 여학생 일당 속에 유리가 있었다. 나는 그 옆으로 가서 심드렁한 척 말했다.

"유리야, 이제 졸업 기념으로 두 번째 소원을 풀어 보자."

느닷없는 제안인데도 유리도 놀라지 않고 웃어 보였다. 옆에서 보고 있는 촉새 무리들이 신나서 박수를 쳤다. 촉새들은 이미 모든 정보를 다 꿰

뚫고 있었다.

"해봐! 해봐!"

유리와 내가 눈치 게임을 하듯 마주 앉았다. 막상 시작하고 보니 내게 무척 유리한 게임이었다. 나는 평소처럼 말했다.

"유리야."

아이는 대답을 하지 않고 가만히 있었다. 이제 내가 당할 차례다. 내 머릿속에 아이가 할 수 있는 온갖 반말 들이 맴돌았다. 나는 한 번 더 말했다.

"유리, 요즘 너 고민 있냐?"

그런데 나를 향해, 뗼 듯 말 듯 망설이던 유리의 입에서 까르르 웃음이 터져 나왔다.

"우스워서 안 되겠어요. 다음에 마음의 준비가 단단히 되면 할게요."

유리 웃음은 그치지 않고, 촉새들은 몹시 아쉬운듯 뭐라 뭐라 항의했다. 나는 얼른 자리를 털고 일어났다. 그리고 죽자 살자 축구공 하나를 따라다니는 남학생들 속으로 뛰어갔다.

별별똥

- 봄날 화장실에서 벌인 개그 배틀 한 판

분교에서 아이들과 살다 보면 자연스럽게 아이 수준이 되어간다. 서로 눈높이를 맞추고 살아가니 그렇다. 아이들도 점점 담임을 닮는다. 날마다 듣고 보는 것이 선생님의 말과 행동이니 당연하다.

분교에서 아옹다옹 몇 년 살다 보면, 내가 저희 아빠인지, 옆집 아저씨인지, 키 큰 친구인지 헷갈릴 때도 있다. 결코 뻥이 아니다. 내가 경험한 바로는 그렇다. 하지만 나는 그것이 지극히 정상적인 인간관계라고 말하고 싶다. 굳이 예를 들자면 이런 상황마저도!

봄날 시골 학교, 나는 넓은 교실에서 아이 두 명과 수업을 하고 있었다. 엄청나게 잘생긴 3학년 바다와 엄청나게 개성 있게 생긴 4학년 환이 그리고 제대로 쫀쫀하게 생긴 나. 우리 공통점은 모두 남자라는 것과 장난을 좋아한다는 것. 그리고 자신이 제일 미남이라고 생각하는 점이다.

수업 중에 바다가 화장실에 가고 싶다고 했다. 얼른 갔다 오라고 했다. 그런데 한참 지나도 돌아오지 않았다. 공부 시간을 화장실에서 때울 요령으로 잔머리를 굴리나 싶었다. 얼마든지 그럴 수 있는 인물이다. 하지만 복귀 시간이 너무 길었다. 얼핏 불안해지더니, 나도 방광이 저려 왔다. 그래서 엄청 개성 있게 생긴 환이 혼자 두고 화장실로 갔다.

우리 학교 화장실은 최고다. 청소 도우미 여사님이 방금 청소를 마쳤는지 온갖 사물에 손이 닿으면 뽀드득 소리가 날 것 같다. 화장실 바닥에서 책 펴놓고 공부를 해도 무방할 정도다.

열려 있는 화장실 칸마다 봄바람이 살랑살랑 드는데, 단 한 칸만 닫혀 있었다. 지금 저 안에 아이 한 명이 잔머리를 굴리면서 열심히 시간을 때우는 중이리라. 나는 아이를 방해하지 않기 위해 조용히 내 볼일을 보았다.

그런데 좀 이상했다. 보통 아이들 있는 칸은 대체로 낑낑 용을 쓰는 소리 또는 가만히 있지 못하고 부스럭거리는 소리가 나는데 전혀 그렇지 않았다. 괜히 노파심이 밀려왔다. 나는 바지춤을 정돈하며 아이 이름을 불러 보았다.

"바다야!"

"……."

대답이 없다. 나는 그 잘난 이름을 한 번 더 불러 주었다.

"바다야?"

"예!"

이제야 대답이 나온다. 또 당했다. 녀석은 단지 장난이 하고 싶을 뿐이었다. 그렇다고 나 또한 그냥 갈 수 없다.

"너 변비 있나?"

"예?"

"볼 일 다 봤으며 바지 올리고 가자. 공부해야지!"

"저 지금 아기 낳고 있는데요."

헐, 이 무슨 귀신 씻나락 까먹는 소리인가.

"그래, 몇 개나 낳았냐?"

"세 개요."

"수고했다. 이제 아기 그만 낳고 공부하러 가자."

"그런데 선생님, 아기가 똥 같이 생겼어요!"

이놈이 어디서 이런 개똥 같은 개그를 배웠는지 기가 찼다. 살다 살다 보니 별별 똥을 다 본다. 그런데 이 요상한 판국에 복도 저쪽에서 누군가 콩콩 다가오는 발소리가 들렸다. 큰일이다. 진짜 장난꾸러기 대마왕 환이가 쳐들어온다. 자칫 우리 셋은 화장실에서 개그 배틀을 해야 할 판이다. 나는 교실로 복귀하기 전에, 재빨리 아이 눈높이에 맞춰 한마디 던지고 화장실을 나왔다.

"니 똥이다. 자슥아!"

7장

만남

미궁에 관하여

- 오늘 밤 미궁에 드셔 보실까요?

비가 오면, 아이들은 무서운 이야기에 목마르다. 아침부터 비가 내렸다. 녀석들이 틈을 놓치지 않고 무서운 이야기를 해달라고 졸랐다. 이번에는 아예 맡겨놓은 물건 돌려달라듯 '귀신 노래'를 들려 달라고 주문했다. 요즘 인터넷이 '귀신 노래'로 난리가 났다고 설레발을 쳤다. 흥! 어림 반 푼어치도 없는 소리. 어디 말도 안 되는 수작으로 첫 시간부터 농땡이를 피우려고! 나는 코웃음 쳤다. 자, 책 펴라. 공부하자.

오후가 되자 비가 더 세차게 내렸다. 진드기 녀석이 또다시 달라붙었다. 집에 가서 '귀신 노래'를 들어도 되는데, 너무 무서워서 혼자서는 못 듣겠다는 것이다. 지금 친구들과 듣게 해주면 선생님 말씀을 잘 듣고 어쩌고저쩌고하면서 칭얼댔다. 하지만 세상에 공짜가 없다. 나는 조건을 제시했다.

"좋다! 그러면 어제 음악 시간에 배운 둥당기타령을 멋지게 불러봐라."

열세 살 남학생의 취약점을 간파한 고난도 과제였다. 그런데 웬일로 숙맥 주현이가 선뜻 앞으로 나왔다. 그리고 오로지 '귀신 노래'를 듣겠다는 일념으로 꺼이꺼이 노래를 했다. 혼자 보기 아까운 통곡 같은 노래. 나는 적이 실망하는 표정을 지어 보였다. 아이도 스스로 '이건 아니다' 싶었는지 조용히 제자리로 들어갔다.

또 다른 도전자들이 나타났다. 이번에는 선생님을 삼중창으로 멋지게 불러 보겠다고 한다. 녀석들은 인해전술로 고래고래 돼지 멱따는 소리를 질러댔다. 하지만 역시 '아니올시다'였다. 노래를 듣고 있던 내 가슴이 그야말로 '둥당기' 소리를 내며 무너졌다. 그런데 엉망진창 삼중창이 끝나자마자 우레와 같은 함성과 박수가 터져 나왔다. 이 녀석들이 어디서 짜고 치는 고스톱을! 기가 차서 말이 안 나왔지만 한편으로는 그놈의 '귀신 노래' 정체가 궁금하기도 했다.

떼쟁이들을 불러내어 교사용 컴퓨터에서 문제의 노래를 검색해 보라고 했다. 책상 앞에 앉은 녀석이 침을 꼴깍 삼키면서 자판을 두드렸다. 그 모습을 바라보는 아이들 표정이 각양각색이었다. 신경을 곤두세우고 노래가 흘러나오길 학수고대하는 아이. 미리 겁을 먹고 두 손으로 귀 막고 눈을 찔끔 감는 아이. 입으로는 "우리 그딴 것 듣지 말아요" 하면서도 눈은 간절히 '귀신 노래'를 갈구하는 아이.

"맞나? 맞나?"
마침내 저희끼리 무언가를 찾아놓고 긴가민가하고 있었다. 고개를 빼고 힐끗 보니 검색어가 '미궁'이었다. 오호라, 황병기 가야금! 나는 순식간에 귀신 노래의 정체를 파악했다. 아직 그 곡을 듣지 못했지만, 방송과 신문에서 익히 들은 바가 있었다.

아이들은 자신들이 바라던 귀신 노래를 코앞에 두고 "이게 아닌 것 같다" 하며 뒤통수를 긁고 자기 자리로 돌아갔다. 애가 달은 아이들이 한마디씩 하였다.

"그 노래 듣는 사람은 몸이 점점 굳어진다고 하던데요."

"여자 귀신 울음소리가 나와서 귀신 노래라 하던데."

"살이 째지는 소리도 나온다고 하더라."

나는 도탄에 빠진 백성을 구하는 마음으로, 칠판에다가 큼지막하게 '유언비어'라고 썼다. 그리고 말없이 컴퓨터 앞에 앉아, 황병기와 미궁을 검색해서 보여주었다. 유언비어의 증거가 교실 텔레비전에 둥실 떠올랐다.

- **황병기:** 국악 연주가. 1936년 5월 31일 서울 출생. 이화여대 교수, 하버드대 초청 교수, 가야금의 명인
- **미궁:** 1975년 초연된 곡으로 가야금과 사람 목소리로 연주. 전위적인 작품으로 곡의 구성뿐만 아니라, 연주도 가야금을 바이올린 활을 이용해 아쟁처럼 연주하는 등 새로운 시도가 돋보이는 명작

나는 얕은 지식을 동원하여 귀신 노래와 미궁의 상관관계를 말했다.

"애들아, 예술 하는 사람들은 늘 새로운 도전을 한다더라. 다른 사람이

하던 방법을 말고 자기 고집대로 새로운 방법으로 세상에 하나뿐인 작품을 만들고 싶어 한다더라. 귀신 노래가 아니라 우리 가야금으로 만든 세계적인 명작이라 하지 않냐. 명작!"

나는 녹즙기 홍보사원처럼 말했지만, 나 자신도 잘 모르는 말을 하는 것 같아 약간 민망했다. 눈치 빠른 아이들도 자신감 없는 선생님 말씀을 믿지 않고 계속 의문을 제기했다.

"샘! 그 노래 만든 사람은 그다음 날 바로 죽었다던데요?"

"황병기라는 아저씨 지금도 살아 있습니까?"

내 친구 최병기는 아직 잘살고 있지만, 황병기 교수는 모르겠다. 하지만 이러쿵저러쿵 말이 필요 없다. 일단 곡을 들어 보기로 했다. 그런데 시작부터 범상치 않았다. 재생 버튼을 누르고 약 4분 가까이 여자 목소리로 '우~ 우~ 우~ 우~' 웅얼거리는듯한 소리만 나왔다. 처음에는 평이하던 소리가 점차 떨리더니 울음 같은 소리로 바뀌었다. 그리고 간드러진 여자 웃음소리와 남자의 헛웃음 같은 소리가 섞여 나왔다. 소름이 돋았다.

"애들아, 안 되겠다. 우리가 듣기에 어려운 음악이다. 너무 실험적이야!"

아무래도 아이들의 여린 정서와는 어울리지 않는 것 같았다. 나는 얼른 영상 정지 버튼을 눌렀다. 때맞춰 수업을 마치는 종이 울렸다.

아이들이 모두 하교한 뒤 혼자서 '미궁'을 재생시켜 보았다. 이번에도 10분을 넘기지 못하고 정지 버튼을 눌렀다. 전혀 새로운 현대 음악, 전위적

예술 이런 단어들이 기괴한 음악과 함께 혼란스럽게 느껴진 탓만은 아니었다. 창밖에 세차게 비 내리고 어둑해진 교실에 혼자서 감상하자니 간이 쪼글쪼글 오그라들었다.

가야금 산조 「미궁」은 인간의 희로애락을 표현하고, 깨달음을 얻어 피안으로 가자는 것이 주제라고 한다. 나로서는 백번쯤 들어야 겨우 발꿈치에나 닿을 수 있는 것 같았다. 나는 아직 앎이 지극하지 못하여 '미궁'에 빠져들지 못했다.

애당초 아이들의 소박한 느낌을 얄량한 지식으로 재단할 일이 아니었다. 나는 '귀신 노래' 덕분에 뭐든 제대로 배우는 일이 중요한 일임을 알았다. 물론 이것은 '미궁'을 들어 본 극히 주관적인 내 생각이다. 자, 이제 여러분에게 차례다. 어떻게? 오늘 밤 미궁에 한 번 빠져 보실랑가요?

고수를 그리며

- 그날 이후 나는 '차카게' 살았다

오래된 앨범 갈피에 낡은 사진 한 장, 젊은 우리 엄마가 환한 웃음을 지으며 젖먹이 동생을 안고 있다. 그 앞에는 올망졸망 나머지 우리 형제들이 있다. 손아래 동생은 놀란 토끼 눈을 한 차렷 자세를 하고, 두 살 위누나는 사진기를 향해 밝게 웃고 있는데, 나는 한쪽 발을 앞으로 내민 삐딱한 자세로 정면을 째려보고 있다. 소싯적 내게 불량기가 있었음을 증명하는 사진이다. 맞다. 학창 시절 난 좀 불량했다. 고등학교 1학년 때 그 선배를 만나기 전까지는.

시골에서 중학교를 마치고 인근 도시에 있는 공업고등학교에 진학했다. 우리는 교실에서 공부하는 시간보다 실습장에서 기계와 씨름하며 보내는 시간이 많았다. 국가에서는 공고 실습복에 '기술인은 조국 근대화의 기수'라는 견장을 달아주고 자긍심을 부추겼다. 하지만 가난한 흙수저 출신청춘들은 우울했다. 우리는 이미 공돌이라고 불리고 있었다.

나는 입학하자마자 한 녀석과 신경전을 벌이고 있었다. 나처럼 시골 출신으로 도시에 유학을 온 같은 반 정백이. 나는 이유 없이 그 녀석이 거슬렸다. 얼굴에 각이 지고 어깨를 좌우로 흔들며 건들건들 걷는 품새가 특히 맘에 들지 않았다. 가는 눈빛이 그러니 오는 눈빛도 당연히 뾰쪽했다.

정백이도 내게 뒤틀리는 감정을 숨기지 않았다. 우리는 자주 으르렁거렸고 어느 날 기어코 정면으로 맞섰다.

"한판 붙어 볼래?"

"붙자."

"수업 마치고 백사장에 가자."

"좋다!"

강물과 솔밭 사이, 아무도 없는 백사장에 우리는 마주 섰다. 나는 손목을 돌리면서 긴장을 풀었고 정백이도 웃통을 벗어젖혔다. 그런데 녀석은 웃통뿐만 아니라 바지까지 벗고 팬티 차림으로 대결 자세에 취했다. 싸움박질 좀 해보았다는 무언의 메시지였다. 나는 약간 당혹스러웠지만, 낯빛을 감추고 이소룡처럼 가슴께로 주먹을 들어 올렸다. 인적 없는 백사장에서 우리 둘은 그렇게 맞짱을 떴다.

한참을 치고받던 어느 순간, 정백이 코에서 피가 주르르 흘렀다. 하지만 코피 따위가 상황 종료를 대신하던 어린 시절이 아니었다. 상대는 급격히 흥분해서 흐르는 코피를 손바닥으로 훔쳐 가며 거칠게 달려들었다. 승부는 쉽게 결정 나지 않고 우리 둘은 급속히 지쳐갔다. 정백이도 나도 숨이 턱까지 차올라 더 이상 싸울 기력이 없었다. 내가 먼저 주먹을 내리고 말했다.

"그만하자."

나는 벗어놓은 교복을 어깨에 걸치고 돌아서서 걸었다. 분이 덜 풀린 정백이는 "붙자! 붙자!" 하며 악을 썼지만 벗어놓은 바지를 입고 내 뒤를 따라왔다. 그런데 백사장을 나와 솔밭길을 걸어갈 때, 우리 학교 배지를 달고 있는 학생과 마주쳤다. 이름표 색깔을 보니 3학년이었다.

그 선배는 한눈에 우리들의 상황을 눈치챘다. 정백이는 그나마 바지를 벗어놓아서 말짱했지만, 모래 먼지투성이가 된 내 바지는 거의 걸레 수준이었다. 그 선배는 우리를 불러 세우고 몇 반이냐고 물었다. 그리고 짧은 한마디를 남기고 갔다.

"내일 아침에 3학년 4반 교실로 와라! 알았나!"

다음 날 아침, 우리는 3학년 4반 교실 문을 열었다. 호랑이 소굴 같았다. 덩치 큰 호랑이들이 우리를 쳐다보았다. 교실 저쪽에서 어제 그 선배가 오라고 손짓을 하였다. 정백이와 나는 몸을 한껏 낮추고 다가가서 서로 화해하였으며 이제 사이좋게 지내기로 했다고 말했다. 다행히 별다른 괴롭힘을 주지 않았다.

"한 번만 더 싸우다가 걸리면 죽는다."

그는 이렇게 경고를 하고 우리를 풀어주었다. 그런데 옆에서 지켜보던 또 다른 3학년이 우리를 붙잡아 놓고 이러쿵저러쿵 훈계했다. 그러고 나면 또 다른 선배가 기다렸다는 듯 우리를 세워놓고 겁을 주었다. 이른바 후배 길들이기 삥삥이었다.

우리는 개밥 속 도토리처럼 여기저기 굴러다니다가, 제일 뒷자리에 앉은 덩치가 큰 학생 앞에 섰다. 인상이 험상궂게 생긴 그 선배를 보니 무서워서 울고 싶었다. 그런데 깡패처럼 생긴 그 학생이 뭔가 말하려고 입을 달싹이는 순간, 어디서 벼락같은 소리가 들렸다.

"야! 이 자슥들아! 지금 머 하는 짓이고!"

깜짝 놀라 고개를 돌려보니, 창가 쪽 중간자리쯤에 누가 일어서서 이쪽을 바라보고 있었다. 키가 중간쯤 되고 다부져 보이는 학생이었다. 교실은 삽시간에 조용해졌다. 그는 같은 반 친구를 둘러보며 소리쳤다.

"쪽팔리게 1학년을 데리고 노는 것이 3학년이 할 짓이가!"

목소리가 쩌렁쩌렁했다. 40명이 넘는 학생들은 그 강렬한 눈빛과 단호한 표정에 압도당하는 것 같았다. 우락부락한 학생도 잠시 난감해하더니 순순히 우리를 보내주었다. 정백이와 나는 숨을 죽이고 교실을 빠져나왔다.

그날 고수를 보았다. 진정한 싸움꾼은 진흙탕 속에서 눈부셨다. 정의의 이름으로 빛나는 그 위풍당당함에 하수들은 꼬리를 내렸다. 정곡을 찌르는 한 마디로 혼란을 평정하는 카리스마가 있었다.

3학년 4반 교실에서 죽다가 살아난 우리는 그 후 생활 태도가 달라졌다. 정백이 아무에게나 건들거리지 않고 섣불리 도전장을 내밀지 않았다. 나도 남을 함부로 째려보지 않고 아무 데서나 이소룡 흉내를 내지 않았다. 우리는 그야말로 '차카게' 살았다.

선생님 선생놈

- 당나귀 선생, 귀를 접다

1994년 유월 어느 날, 열한 살 이한나와 나는 읍내에서 '가훈 자랑 대회'를 마치고, 식당 의자에 앉아 갈비탕이 나오기를 기다리고 있었다. 식당에는 우리처럼 대회에서 입상하지 못한 학생과 인솔 교사가 군데군데 패잔병처럼 모여 있었다. 그런데 내실 쪽에서 누군가 잔뜩 흥분한 목소리가 들렸다.

"심사위원이 말이야. 개판 오 분 전이야!"

얼굴은 보이지 않았지만, 아까부터 울분을 참지 못하고 씩씩거리던 중학교 선생님이었다. 그는 주위 사람들 들으라는 듯 심사위원과 대회 운영을 신랄하게 비판했다. 하지만 아무도 동조하지 않았다. 대회는 비교적 공정했고 너나 할 것 없이 입상을 바라기에는 부족했다. 불만 가득한 그 선생님에 비하면, 내가 데리고 출전한 이한나는 정말 아쉬웠다.

사실 그때 우리 학교에는 배충진이라는 걸출한 어린이 연사가 있었다. 인물이 달덩이같이 훤하고 두뇌가 명석할 뿐 아니라. 웅변에 천부적인 소질이 있어서 대회에 나갔다 하면 최우수상은 언제나 따놓은 당상이었다. 교장 선생님은 이번에도 충진이가 출전하여 학교의 명예를 드높여 줄 것으로 기대했다. 하지만 나는 충진이 대신 한나를 출전시키겠다고 했다.

한나는 단발머리에 까무잡잡한 피부를 가진 전형적인 시골아이였다. 공부도 그저 그렇고 생김새도 평범했다. 더구나 웅변은커녕 수업 시간에 발표 한번 시원하게 해본 적이 없는 아이였다. 그런데도 내가 굳이 한나를 선택한 이유 두 가지가 있었다.

첫째, 이번 대회 주제가 '가훈'이다. 한나는 부모님이 일찍 돌아가시고 할머니와 중학생 오빠와 살고 있었다. 지난봄에 언덕배기 외딴집에 사는 한나 집에 가정방문을 갔다. 한나는 색연필로 '화목'이라고 적어 벽에 붙여 놓았다. 한나한테 화목이 무슨 뜻인 줄 아느냐고 했더니, "우리 할머니가 오래오래 사시는 것"이라고 대답했다. 그 말에 감동했다. 나는 아이의 소박한 바람을 참된 가훈으로 널리 알리고 싶었다.

둘째, 이번 대회는 웅변대회가 아니라 발표대회이다. 한나는 부모님이 돌아가시기 전에 서울에 살아서, 부드러운 서울 억양이 조금 남아 있었다. 작은 여자아이의 차분한 서울 목소리가 필요 이상으로 비장한 웅변보다 훨씬 설득력 있을 것 같았다.

선생님들이 내 의견에 동조해주었다. 이번 대회도 당연히 자기 아들이 출전할 것이라고 믿고 있던 배충진 어린이의 아버지도 쾌히 양보해 주었다. 나는 신이 나서 순식간에 원고를 완성했다. 한나도 발표할 내용이 바로 자신의 이야기라 하루가 다르게 쑥쑥 실력이 늘었다.

드디어 군내 가훈 자랑 대회가 열리는 날, 읍내 극장에는 초중고 학생들이 꽉 찼다. 차례로 연단에 오른 학생 연사들이 주먹을 불끈 쥐어 외치고 눈물로 호소했다. 하지만 관에서 주도하는 행사가 대부분 그렇듯 학생들은 교실을 벗어났다는 자유로움과 듣지 않아도 대충 짐작이 가는 계몽적인 내용이 지루한 듯 시큰둥했다.

식당에서 심사위원을 성토하던 교사가 지도한 중학생의 연설도 그랬다. 중학생은 줄곧 구슬픈 신파조로 이야기를 이어갔다. 이를테면.

"아! 어머님의 두 눈에서 옥구슬 같은 눈물이 똑.똑.똑 떨어져 옷섶을 적시고…."라고 읊조리던 대목에서는 여기저기서 킥킥 웃음이 나왔다. 나이 드신 선생님이 어린 중학생 목소리를 빌어 자신의 감성을 호소하려는 티가 너무 많이 났다.

아무튼, 사회자가 중간중간 박수와 호응을 유도하려 했지만, 대회장 분위기는 대체로 심드렁했다. 그 맥 빠진 분위기 속에 한나 차례가 되었다. 한나는 약간 부끄러운 듯 고개를 숙이고 단상에 올랐다. 관중들이 잠시 어린 연사에 관심을 보여주는가 싶더니, 이내 고개를 돌리고 끼리끼리 웃고 떠들었다.

한나는 연습한 대로 심호흡 한 번을 하고 조곤조곤 이야기를 풀어갔다. 한나가 사는 외딴집과 꼬부랑 외할머니 그리고 착한 오빠 이야기가 흘러나왔다. 다른 연사들의 웅변과는 사뭇 다른 말투와 생경한 소재가 잔잔한 호수에 던진 돌처럼 서서히 파문을 일으켰다.

한나는 힘들지만 외롭지 않은 이유와 가난해도 행복한 까닭을 차분히

이야기했다. 어느새 장내는 숙연해지고 모든 시선이 작은 연사를 향하고 있었다. 나는 맨 뒷자리에 앉아 감동의 물결이 흐르는 순간을 숨죽이고 지켜보았다. 마치 영화의 한 장면 같았다.

그런데 분위기가 절정에 이르렀을 때, 한나가 갑자기 입을 닫았다. 모두 초조하게 다음 이야기를 기다리는데, 어린 연사는 말문을 닫고 가만히 서 있었다.

"쟤, 왜 그래 왜?"

"어머, 어째 저걸 어째."

여기저기서 안타까운 목소리가 들려왔다. 한나는 마지막 부분에 말할 내용을 떠올리지 못했다. 사회자가 원고를 보고 해도 된다고 손가락으로 원고 넘기는 시늉을 해 보였다. 하지만 온통 자신에게 집중된 시선이 부담스러웠을까. 열한 살 꼬마 연사는 꾸벅 인사를 하고 바로 단상을 내려왔다.

게다가 당황한 한나는 엎친 데 덮친 격으로 발을 헛디뎌 넘어지기까지 하였다. 다행히 다치지 않고 금방 일어나 자리로 돌아갔지만 모두 할 말을 잃고 그 장면을 바라만 보고 있었다. 불과 10초도 안 되는 순식간의 일이었다.

"그때 원고를 보고 읽어도 되는데 왜 그랬냐?"

갈비탕이 나오자, 나는 비로소 한마디 하였다. 한나는 아무 말도 하지 않고 빙그레 웃었다. 녀석은 어쨌든 속이 후련한 모양이었다. 하긴 내 잘

못이 크다. 잘하는 법만 지도했지, 실수에 대처하는 법을 가르치지 않았다. 때마침 갈비탕이 나와 우리는 대화를 멈추고 수저를 들었다.

그런데 아까부터 심사위원을 성토하던 중학교 교사가, 이번에는 학생 참가자를 평가하는 이야기를 꺼냈다. 언뜻 들어 보니 한나 이야기도 나왔다. 그는 식당에 있는 많은 손님 중에 지금 자신이 언급하고 있는 아이와 인솔 교사가 있다는 걸 모른 채, 갑자기 화살을 애먼 나에게 돌렸다.

"아까 말이야, 그 초등학생이 연설하다 말고 내려오다가 넘어질 때 말이야. 그때 인솔 선생은 코빼기도 안 보이데? 얼른 달려와서 아이를 안고 보건실로 가야지. 그게 선생이야? 하여튼 요즘 젊은 선생 놈들도 다 틀려먹었어!"

그 순간 목구멍을 넘어가던 갈비탕이 켁 막혔다. 안 그래도 속에서 출렁이는 분별심을 겨우 다독거리고 있는데, 이 무슨 개뼈다귀 같은 망발인가. 당장 달려가 멱살 드잡이라도 하고 싶지만 어린 제자를 앞에 두고 차마 그럴 수는 없는 일이었다.

졸지에 선생님이 선생놈 되는 그 순간. 나는 귀 빼고 뭐 뺀 당나귀가 된 듯 온몸에 힘이 빠졌다. 그래서 쓸데없이 밝은 두 귀를 접고 갈비탕에 코를 박았다.

학교 괴담

- 깊은 밤중에 어느 선생님이 하는 일

먹구름이 온종일 학교를 덮었다. 굵어진 빗방울이 유리창을 두드리며 "비 오는데 무슨 공부냐고" 훼방을 놓았다. 아이들도 옛날이야기 하나 해달라고 보챘다. 그래 쉬었다 가자. 나는 교과서를 덮고 실내등을 껐다. 어둠침침하니 무서운 이야기 하기 좋은 분위기가 되었다. 나는 아이들에게 들려줄 이야기의 운을 뗐다.

"사실 너희들한테 고백해야 할 일이 있다."

운명처럼 묘하게 엮어진 인연. 생각해 보면 이 학교와 나는 인연이 무척 깊었다. 애초에 이 학교로 전근해 올 마음은 전혀 없었다. 평소 형 동생처럼 지내던 교장 때문이었다. 정년을 앞둔 교장 선생님이 마지막 교직 생활을 모교에 헌신하고 싶다며, 나더러 멋지고 행복한 학교를 함께 만들어 보자고 꼬드기는 바람에 할 수 없이 학교를 넘겼다.

부임 첫날, 교장 선생님이 아무도 몰래 나를 교장실로 불렀다. 그는 이런저런 학교 이야기 끝에 알게 모르게 예전부터 전해오는 학교 괴담을 들려주었다.

"최 선생님, 저기 보이는 별관 자리가 원래 공동묘지 터였어요. 옛날에

이 학교를 짓기 위해 무덤을 강제로 이장했지요. 그런데 그해부터 괴이한 일이 벌어졌대요."

교실 정면에 일장기가 걸리고, 허리에 칼을 찬 일본 교장이 황국신민을 강요하던 어느 해 장마철이었다. 검은 구름이 폭우가 쏟아지던 날. 학교 안에서 아이 한 명이 실종되었다. 아이는 운동장 미루나무 밑에 책가방만 남겨 두고 사라졌다.

첫 번째 아이가 실종되고 일주일 후, 비 오는 날 똑같은 일이 벌어졌다. 이번에는 여자아이가 사라졌다. 수업 시간에 화장실에 간다던 아이가 돌아오지 않았다. 학교는 발칵 뒤집혔다. 선생님과 친구들 그리고 동네 사람들이 아이를 찾았지만 없었다. 운동장 조회대 밑에 여자아이 신발 한 짝만 비를 맞고 있었다.

두 번 연속으로 똑같은 사건이 터진 것이다. 하지만 조사를 나온 일본 순사들은 우연한 실종 사고라 하고 돌아갔다. 누구도 말을 꺼내지 않았지만, 비 오는 날이 점점 무서워졌다. 며칠 후, 다시 비가 내리기 시작했다. 나무로 지은 학교 건물이 서서히 어둠 속으로 잠기고 운동장은 황토물이 모여 시냇물처럼 흘렀다.

이번에는 앉아서 당할 수 없었다. 동네 사람들이 낫과 괭이 쇠스랑 등 무기가 될만한 것을 들고 학교로 왔다. 그리고 조를 나누어 학교를 둘러싸고 보초를 섰다. 일본인 교장은 학교 안으로 아무도 들어오지 못하게 하고 교문을 걸어 잠갔다. 선생님들도 교실에서 책상을 모두 뒤쪽으로 밀었다. 그리고 아이들이 서로 어깨동무를 하고 둥근 원을 만들어 앉게 하였다. 교실을 밝혀주던 전등이 흔들리더니 저절로 깜빡거렸다.

"절대로 팔을 풀면 안 된다!"

선생님이 그렇게 말하자마자, 엄청나게 큰 천둥소리가 학교를 뒤흔들렸다.

- 우르릉 쾅쾅!

유리 창문이 금방이라도 부서질 듯이 덜컹거리더니, 교실이 순식간에 어둠 속으로 잠겨 버렸다.

얼마나 지났을까. 줄기차게 내리던 장대비가 그치고 주위가 천천히 밝아졌다. 밖에서 학교를 지키던 학부모들도 비에 흠뻑 젖은 채 교실로 달려왔다. 아이들이 친구와 어깨에 걸고 있던 팔을 풀었다. 사라진 아이는 아무도 없었다. 천만다행이었다. 그런데 그게 아니었다.

"선생님이 안 보여요!"

분명히 아이들을 지키고 있었는데, 벼락과 천둥이 몰아쳐서 모두 두려워서 눈을 감았던 순간에 선생님이 사라진 것이다. 아이들을 유달리 사랑하던 선생님은 어디서도 찾을 수 없었다. 사람들은 선생님이 사라진 제자들을 찾으러 떠나셨을 것이라고 했다.

동네에 흉흉한 소문이 돌았고 사람들은 두려움에 떨었다. 일본 사람들도 예외는 아니었다. 동네 사람들한테 우연한 사고일 뿐이라고 얼버무리던 그들이 제일 먼저 동네를 떠났고, 일본인 교장마저 슬금슬금 보따리를 싸서 야반도주를 해버렸다. 그들은 뭔가 비밀을 알고 있는 것 같았다.

마을에 남겨진 동네 사람들과 아이들이 도움을 받을 곳은 어디에도 없었다. 엄마들은 아들과 딸이 사라졌다는 말을 믿을 수가 없어서, 날마다 자식들 이름을 부르며 이곳저곳을 찾아다녔다. 하지만 장마는 아직 끝나지 않았다.

며칠 후 마을 앞으로 낯선 군대 행렬이 동네로 들어왔다. 빼앗긴 나라를 되찾기 위해 싸우던 군인들이었다. 일본이 우리 군대를 해산시키자, 장군이 부하들을 데리고 나와 만든 독립군 부대였다. 그들은 이 동네에 일본인들이 없다는 정보를 입수하고 일부러 이쪽 길을 선택하여 지나가고 있었다.

그런데 어떤 할머니가 두 팔로 군대 행렬을 가로막고 내 아이를 찾아달라고 애원을 하였다. 실종된 선생님의 어머니였다. 독립군 장군은 장마 동안 학교에서 벌어진 일과 자식을 잃게 된 할머니 사연을 듣고 군사 행진을 멈추게 하였다.

장군이 행장을 풀자마자, 북쪽 하늘에서 기다렸다는 듯이 먹구름이 몰려왔다. 장군은 부하들을 마을과 학교 주변을 지키게 하고 갑옷과 투구를 갖추어 입고 학교 안으로 천천히 걸어갔다. 그리고 긴 칼을 빼서 들고 교실과 복도 그리고 장대비가 퍼 붓은 운동장을 순회하였다. 벼락과 함께 불빛이 번쩍이고 폭탄이 터지는 듯 천둥이 쳤다. 교실마다 아이들이 겁에 질려 소리를 질렀다.

엄청나게 큰 벼락이 운동장에 떨어져서 하늘과 땅이 흔드는 순간, 복도를 걸어가던 장군이 힘껏 뛰어올라, 교실 천장을 향해 칼을 찔렀다. 어두운 천장 속에서 찢어지는 비명이 들렸다. 긴 칼을 타고 파란색 피가 흘러내렸다. 장군이 칼을 빼서 단숨에 천정을 도려내자, 시커먼 물체 하나가 '쿵' 소리를 내며 바닥에 떨어졌다. 사람 몸통만큼 굵은 구렁이었다.

그 요물은 일본 놈들이 우리나라에 들어올 때 애완용으로 가져온 뱀이었다. 그런데 몸집이 점점 커지자 일본인 집을 나와 학교 천장에 똬리를 틀고 살고 있었다. 뱀은 교실 천장이나 높은 나무 꼭대기, 옥상 난간과 국기 게양대 등 높은 곳을 타고 다녔다. 그러다 먹구름이 하늘을 덮어 사방이 어두워지면, 천장 위에서 밑으로 대가리를 내밀고 겁에 질린 사람을 덥석 물고 사라졌던 것이다.

장군은 뱀이 나온 천장 안으로 들어갔다. 먼지와 쥐가 가득한 어두운 곳을 한참 동안 헤집고 들어가니 땅굴로 들어가는 통로가 보였다. 장군은 주저하지 않고 좁은 땅굴을 따라 들어갔다. 땅굴은 학교 바로 옆에 있는 일본인 순사의 집 지하실로 연결되어 있었다.

지하실 끝에 쇠창살로 만든 방이 있었다. 그곳에는 남자와 여자 그리고 어린이와 노인 할 것 없이 많은 사람이 갇혀 있었다. 모두 잡혀 온 사람들이었다. 학교에서 사라진 아이들과 선생님도 그곳에 살아 있었다. 장군은 어둠 속에 있던 모든 사람을 구출하여 마을로 돌아왔다.

장군은 피에 젖은 칼을 씻었다. 마을 사람들은 살아 돌아온 아이와 선생님을 안고 만세를 부르고 덩실덩실 춤을 추었다. 그리고 장군에게 큰절로 감사를 드렸다. 이제 학교에 다시는 그런 불행한 일이 없을 것 같았다. 그러나 장군은 고개를 가로저으며 말했다.

"싸움은 아직 끝나지 않았소."

장군은 앞으로 100년 후에 죽은 구렁이의 아내 구렁이가 복수하러 돌아올 것이라고 말했다. 그리고 그해가 오면 장마철이 시작되기 전에 펴보라면서 두루마리 족자를 남기고 떠났다.

"올해가 바로 그 일이 일어나고 100년 되는 해입니다."

교장 선생님은 여기까지 말하고 목이 타는지 물을 연거푸 들이켰다. 물컵을 들고 있는 손이 떨렸다. 1921년, 일본이 우리나라를 지독하게 괴롭히던 해 생긴 일이다. 그러니까 2021년이 딱 100년이 된 것이다. 교장 선생님과 마을 어른들은 작년부터 비밀리에 학교에 모여, 오랜 세월 교장실 금고에서 감추어 둔 두루마리 족자를 펼쳤다. 그 속에는 과연 학교와 아이들을 지킬 수 있는 비법이 다섯 글자로 적혀 있었다.

아이들 모두 침을 꼴딱 삼키며 내 이야기를 경청하였다. 나는 마을 어르신들과 교장 선생님이 알려준 사실을 어린 제자들도 알아야 한다고 생각했다. 그래서 분필을 들고 두루마리 족자 속에 적혀 있는 다섯 글자를 칠판에 또박또박 써주었다.

崔亨植 先生

아이들이 대체 무슨 글자냐고 물었다. 나는 대답 대신 비장한 표정으로 말했다.

"오늘처럼 비가 오는 날에는 절대 커다란 나무 밑이나 옥상, 그리고 국기 게양대 근처에는 얼씬도 하지 말아라."

아이들은 대체 무슨 말인지 몰라 고개를 갸웃거렸다.

"알았어요. 그런데 저 한문은 무슨 뜻인가요?"

나는 다섯 글자 밑에 또박또박 토를 달아주었다.

崔亨植 先生(최형식 선생)

나는 분필을 놓고 손을 털었다. 그리고 엄숙한 표정으로 교실 천장을 응시하면서 말했다.

"왜 하필 올해 내가 이 학교에 전근을 왔는지 생각해 보거라."

눈치 빠른 몇몇이 저희끼리 쑥덕거리더니 빙긋빙긋 웃었다. 다시 전등 스위치를 올렸다. 교실이 환하게 밝았다.

학교 괴담은 이렇게 끝났다. 시종일관 내 이야기에 몰입하던 아이가 나에게 물었다.

"선생님 혹시 밤 되면 학교 와서 칼 차고 다니는 것 아니세요?"

아이 눈에 무서운 표정이 가득했다. 나는 말없이 돌아서서 다시 세 글자로 된 답을 커다랗게 썼다.

뻥이야!

고남분교장

- 그 학교 아이들은 어디로 갔을까

완행버스가 헉헉대며 산비탈을 오르면, 멀리 내려다보이는 들판에 그 동네가 있다. 그 시절 고등학생이었던 나는 차창 너머 우연히 눈에 띈 그 동네 정경에 눈을 빼앗겼다. 시골 촌놈인데도 불구하고 그곳에 가서 살고 싶을 정도로 단아한 동네였다.

마을이 한 폭의 그림 같았다. 산자락 아래 집들이 어미 닭 품속 병아리처럼 옹기종기 모여 있고, 마을 앞에는 넘치지도 모자라지도 않을 만큼 곡식이 익어가는 들판이 펼쳐졌다. 그리고 작은 예배당과 학교와 운동장이 보였다. 자연과 사람과 문화가 제 자리에서 소박하게 자리 잡은 평화로운 동네였다.

집을 떠나 도시에서 자취하던 나는, 매주 고향을 오갈 때마다 버스가 스쳐 가는 동안 잠깐 볼 수 있는 그 풍경에 매료되었다. 내가 만약 그 동네에 산다면 저절로 행복해질 것 같았다. 그러나 얼마 안 있어 4차선 고속도로가 새로 뚫리고 버스도 예전처럼 굼뜨지 않고 바람처럼 스쳐 갔기에, 그림 같던 그 동네도 내 기억 속에서 차츰 희미해졌다.

그런데 15년이 지난 어느 날, 내가 거짓말처럼 그 마을에 살고 있었다. 처음에는 몰랐다. 도시에서 시골로 발령을 받아 그 학교 사택에 이삿짐을 내릴 때까지, 그곳이 예전 학창 시절에 내 눈을 뺏던 그 동네인 줄 몰랐다. 야트막한 산자락에서 곱게 이어진 들판 그리고 작은 학교와 반듯한 운동장과 예배당이 있는 마을. 나도 모르는 사이 예전에 꿈꾸던 그 마을의 품에 안긴 것이다.

한때는 전교생이 300명이 넘던 그 학교가, 내가 부임했을 때는 4학급 규모의 분교장으로 격하되어 있었다. 입학식을 하던 날, 일곱 명 신입생을 환영하는 자리에는 학부모뿐만 아니라 동네 사람들이 참석하는 바람에 오랜만에 커다란 운동장이 떠들썩했다. 옛날에 이 학교를 지을 때 십시일반 모금을 하여 학교 용지를 기부한 어르신들도 오셨다. 노인들과 학부모들은 입학생 수가 작년보다 늘어난 것과 젊은 교사가 자녀들을 데리고 사택에 와서 생활하는 것을 무척 기뻐하였다. 그리고 그해 삼월, 나는 내 교직 생활에서 두 번 다시 볼 수 없는 감동적인 장면을 만나게 되었다.

한참 수업 중인데 밖에서 요란한 기계 소리가 들렸다. 창가로 가서 운동장을 내려다보니, 경운기들이 줄줄이 교문을 들어서고 있었다. 마을 주민들이 몰고 온 경운기였다. 그분들은 근처 냇가에서 흙을 실어 와서 울퉁불퉁 갈라진 운동장을 메웠다.

젊은 사람들은 경운기로 흙을 실어 나르고, 어르신들은 농기구로 흙을 고르게 펴는 작업을 하였다. 나는 창문 가에 서서 한참 동안 그 놀라운 정경을 바라보았다. 아이들의 책 읽는 소리와 경운기 소음이 희망찬 화음으로 들려왔다. 하지만 정작 내 가슴이 더욱 뭉클했던 것은 다음 날 아침이었다.

아침부터 옆구리에 세숫대야를 낀 할머니들이 아이들처럼 학교에 오셨다. 할머니들은 머릿수건을 두르고 운동장에 쪼그려 앉아 여기저기 널린 자잘한 돌멩이들을 주워 담았다. 냇가에서 실어 온 흙이라서 잔돌이 많았기 때문이다. 할머니들은 며칠 동안이나 앉은뱅이걸음으로 일일이 잔돌을 골라 세숫대야에 담아내셨다.

소규모 학교에 대한 폐교 소식이 심심찮게 들려오던 때였다. 폐교 대상이 된 학교에는 알게 모르게 시설 지원이 소홀했고, 자꾸만 낡아 가는 학교를 위해 동네 사람들은 그렇게 나선 것이다. 나는 교육청 장학사에게 전화를 걸어, 그날 본 광경을 그대로 말했다. 그리고 비록 작은 분교라도 최소한 교육활동에 지장이 없도록 지원해주기를 건의했다.

그해 여름방학을 앞둔 어느 날, 학교 운동장에 모래를 실은 덤프트럭이 몰려왔다. 교육청 예산지원이 떨어진 것이다. 운동장 곳곳에 산더미 같은 모래가 쌓여 있었다. 잔돌이 섞인 흙이 아니라 고운 금빛 모래였다. 내 집 앞에 쌀가마가 쌓인들 그렇게 반가울까 싶었다.

다음날, 소식을 듣고 달려온 마을 사람들과 교직원들이 힘을 합해 운동장에 쌓여 있는 모래 고르기에 나섰다. 모두 기쁜 마음으로 땀을 흘렸다. 하지만 그 많은 모래를 평평하게 만드는 일이 간단치 않았다. 그때 동네에서 식당을 하는 학부모 한 분이 꾀를 냈다. 그분은 자신의 트럭 뒤에 무거운 철제빔을 가로로 매달아 이리저리 끌고 다녔다.

그날 기막힌 장면은 이랬다. 맨 앞에 일 톤 트럭이 철제빔을 매달고 운동장을 빙빙 돌고, 철없는 아이들이 철제빔 뒤를 신나게 뒤쫓아갔다. 놀란 교사들이 철부지들 말리려 아이들 뒤를 쫓아가며 손을 내저었다.

그 우스꽝스러운 장면을 학교 앞을 지나다니던 도로 공사 차가 본 모양이었다. 마을 인근에서 도로포장 공사하던 차였다. 기사님들은 차 세워놓고 구경하다가 위험하니까 잠깐 멈추고 기다려 보라고 하였다. 그리고 얼마 안 있어 공사용 특수차를 몰고 운동장에 들어왔다.

먼저 땅 고르는 차가 보란 듯이 작업을 시작했다. 그 큰 차가 운동장을 몇 바퀴 돌자 삽시간에 운동장이 방바닥처럼 평평해졌다. 그것뿐만 아니었다. 땅 고르는 차가 멋들어지게 시범을 보이고 물러나자, 이번에는 땅 다지는 차가 입장했다. 육중한 바퀴가 달린 특수차가 운동장을 몇 바퀴 순회했다. 그랬더니 시골 학교 운동장은 올림픽 경기장처럼 멋있게 변했다.

아이들은 황금 카펫을 깔아 놓은 듯 새로 단장한 운동장에서 환호성을 지르며 뛰어다녔다. 나도 벅차오르는 감동에 겨워 그냥 있을 수 없었다. 동네 구멍가게로 달려가 담배와 음료수 사서 하늘에서 홀연 나타난 흑기사님들에게 대접했다. 그리고 기적 같은 작업이 모두 끝난 뒤, 운동장 한편에 자리를 펴고 땅거미가 질 때까지 막걸리를 주고받았다.

나는 그 학교에서 4년을 근무하고 도시로 전근 갔다. 그리고 5년 만에 다시 시골로 돌아왔다. 하지만 그 학교로 돌아갈 수가 없었다. 단정한 2층짜리 본관과 오래된 음악당 그리고 동화 같은 이야기가 깃든 운동장도 그대로였지만 아이들 소리가 들리지 않았다. 고남분교장은 내가 돌아오기 일 년 전에 폐교되었다.

안녕, 내 작은 친구들

맑은 겨울 수요일 아침, 교실에는 토수가 제일 먼저 와서 혼자 책을 읽고 있었다. 신입사원처럼 단정하게 앉아있는 토수와 인사를 나누고, 휴게실에 가서 커피 한 잔을 타서 교실로 돌아왔다. 우진이와 주환이도 교실로 들어오면서 아침 인사를 했다. 둘은 입을 맞춘 듯 "선생님 오늘 뭐 해요?"라고 묻는다. 오늘은 졸업 예행 연습하는 날이라고 대답했다. 그런데 둘은 멀뚱한 표정으로 "졸업식 연습을 왜 해요?"라며 반문했다. 애들아, 졸업식 주인공이 바로 너희들이다.

돌아보니 우리가 함께했던 시간이 새삼스럽다. 생전 처음 남자 담임 선생님을 만나 잔뜩 긴장하던 가휘의 커다란 눈망울부터, 청소년티가 완연한 정주의 잔잔한 미소까지 각양각색의 표정이 막 떠오른다. 한명 한명 개성 있고 매력 있고 그래서 함께 쌓은 희로애락도 참 많았던 것 같다.

영빈이의 엉뚱한 소젖 짜기 발언과 종민이의 찢어진 바지 사건, 그리고 교실을 왁자지껄하게 만든 잔디파 놀이, 시끌벅적 아웅다웅 어쩌면 그렇게 잘 노는지, 마치 수풀 속과 넓은 하늘을 거침없이 휩쓸고 다니는 참새 떼 같았다.

착한 아이들아, 정말 고맙다. 너희들이 아니면 나는 아마 폭삭 늙었을 거다. 너희들이 예쁘고 고운 짓을 할 때마다 얼마나 힘이 되었는지 모른다. 내가 교사로서 받은 즐거움은 거의 다 너희들이 준 선물이다. 친절과 배려가 스민 그 마음 오래 간직하려 노력한다. 우리 교실을 떠나 새로 만나게 될 친구들에게도 그 귀한 선물을 고루 나누어 주기 바란다.

까불고 말썽 피우던 개구쟁이들아. 너희들도 수고 많았다. 생각하면 그 성장기에 그 수준만큼 할 수 있는 미운 짓이었는데, 내가 너무 뾰쪽하게 반응하고 닦달해 미안하다. 이제야 하는 말이지만, 선생님은 뒤끝 없는 너희들이 참 좋다. 우리는 그렇게 티격태격하면서 정이 들었다. 너희들 덕분에 미운 정이 고운 정만큼 깊고 따뜻한 감정임을 깨달았다.

이제 너희들이 떠나면 이 교실에 있는 책상과 의자 그리고 서랍에 남겨진 색종이 한 장마저도 소중한 기억으로 옮겨가겠지만, 오래오래 남는 것은 얼굴이 아니라 맑은 눈빛과 정겨운 몸짓 또는 환한 미소와 따뜻한 손길 같은 것이다. 부디 건강한 몸과 따스한 마음을 오래오래 잘 간직하길 바란다.

애들아,

오늘은 졸업식이 끝난 금요일 오후다. 창문에서 쏟아져 들어오는 햇살은 화사한데 교실이 텅 비었다. 나는 한참을 서성거리다 주인들이 떠난 빈 책상 줄을 맞추고 있다. 이젠 정말 이별인가 보다. 안녕! 내 작은 사랑들!